Arnold von der Passer

Mene tekel!

Eine Entdeckungsreise

nach Europa

Ein Blick aus dem Jahre 1893 auf das Jahr 2398

Arnold von der Passer: Mene tekel! Eine Entdeckungsreise nach Europa. Ein Blick aus dem Jahre 1893 auf das Jahr 2398

Erstdruck: Erfurt und Leipzig, Bacmeister's Verlag, 1893. Arnold von der Passer ist ein Pseudonym von Franz L. Hoffmann (1851-1917).

Neuausgabe
Herausgegeben von Karl-Maria Guth
Berlin 2020

Der Text dieser Ausgabe wurde behutsam an die neue deutsche Rechtschreibung angepasst.

Umschlaggestaltung von Thomas Schultz-Overhage unter Verwendung des Bildes: Robert Koehler, Der Streik, 1886

Gesetzt aus der Minion Pro, 11 pt

Die Sammlung Hofenberg erscheint im
Verlag der Contumax GmbH & Co. KG, Berlin
Herstellung: BoD – Books on Demand, Norderstedt

ISBN 978-3-7437-3854-6

Bibliografische Information der Deutschen Nationalbibliothek

Die Deutsche Nationalbibliothek verzeichnet diese Publikation in der Deutschen Nationalbibliografie; detaillierte bibliografische Daten sind im Internet über www.dnb.de abrufbar.

Vorwort

Das Buch des genialen Amerikaners Bellamy, welches den sozialistischen Zukunftsstaat im günstigsten Lichte schildert, hat zahlreiche Schriften zutage gefördert, die den entgegengesetzten Zweck verfolgen, nämlich den Sozialstaat mit den düstersten Farben auszumalen und auf diese Weise Stimmung gegen die Sozialdemokratie zu machen.

Bellamy sowohl als seine Gegner gehen indessen von dem nämlichen Punkte aus. Sie nehmen sämtlich an, dass über kurz oder lang ein Moment eintreten werde, in welchem die kapitalistische Gesellschaft ausgewirtschaftet haben und von der sozialistischen abgelöst werden wird. Der Unterschied ist nur der, dass bei Bellamy das Experiment günstig, bei seinen Widersachern aber höchst unglücklich ausfällt.

Die eifrigsten Gegner der Sozialdemokratie scheinen demnach selbst der Ansicht zu leben, dass die kapitalistische Gesellschaft eines Tages am Abschluss ihrer Laufbahn angelangt sein werde, allerdings nur vorübergehend, um alsdann neu verjüngt aus der Asche des Sozialstaates emporzusteigen – und ihr Spiel von Neuem zu beginnen; diesmal natürlich nicht mehr geniert von den praktisch ad absurdum geführten Bestrebungen der Sozialdemokratie. Die Letztere wird, so hoffen sie, sich selbst vernichten und der ungestörten kapitalistischen Entwicklung werde nichts mehr im Wege stehen.

Was hindert uns aber anzunehmen, dass dieser von den Gegnern der Sozialdemokratie gewiss als sehr wünschenswert angesehene Zustand einer gänzlich ungehinderten kapitalistischen Wirtschaft schon früher eintrete, nicht herbeigeführt durch die Sozialdemokratie selbst, sondern durch die mit Erfolg gekrönten Bestrebungen aller jener, welche sie jetzt mit ihrer glühenden Feindschaft beehren und sie lieber heute als morgen gänzlich vernichten würden?

Nehmen wir einmal an, der Einfluss und die Beredsamkeit des Herrn Eugen Richter sei wirklich so groß, dass vor dem Runzeln seiner Brauen die Sozialdemokratie in Staub zerfallen werde. Dann wird es selbstverständlich in jenem Momente, den Bellamy und selbst seine Gegner prophezeien, keine Sozialisten geben und was alsdann eintritt – das soll eben mein Buch schildern!

Vielleicht trägt es dazu bei, auch anderen die Überzeugung beizubringen, die sich mir schon längst aufgedrängt hat, dass nämlich diejenigen, welche, wie Herr Eugen Richter, die Sozialdemokratie bis aufs Messer bekämpft wissen möchten, weitaus staatsgefährlicher, als die ungestümsten Sozialisten und zum Mindesten ebenso kulturfeindlich sind, als die schwärzesten Klerikalen.

Wenn die sozialistische Bewegung, diese großartigste aller Kulturströmungen, seit es eine Menschheit gibt, nicht schon bestände, sie müsste geradezu von Staats wegen geschaffen werden, um die Zivilisation vor jenem Abgrunde zu retten, auf den wir, wenn es nach Herrn Richter geht, ohne Bedenken zulaufen.

Die kapitalistische Produktionsweise ist früher oder später dem Untergange geweiht; Sache der Gesellschaft ist es, Sorge zu tragen, dass diese Umwälzung sie nicht unvorbereitet treffe, dass das Volk erzogen werde für diesen Moment, und niemand kann dieses Erziehungswerk vollziehen, als die Sozialdemokratie. Wer sie daran hindert, ist entweder ein Wahnsinniger oder ein Verbrecher!

Was nun mein Buch anbelangt, so erlaube ich mir, noch einige Bemerkungen über dessen Inhalt vorauszuschicken. Ich erblicke in dem Freilandstaate, wie er vorläufig von Herrn Hertzka projektiert ist, noch lange kein Ideal; nehme aber die Möglichkeit an, dass er sich nach und nach auf rein sozialistischen Grundlagen zu einem solchen ausgestalten könne. Auf jeden Fall dürfte er besser und vernunftgemäßer eingerichtet werden, als andere uns näher liegende Staatengebilde.

Dass meine Freilandleute hie und da Gebrauch von ihren Waffen machen, wird man ihnen wohl, angesichts des Umstandes, dass es nur im Zustande der Notwehr geschieht, verzeihen. Wenn mein Büchlein auch nur einen einzigen Gegner der Sozialdemokratie *zum Nachdenken* – mehr beanspruche ich nicht – veranlassen sollte, so hat es seinen Zweck erfüllt.

Obermais bei Meran, Neujahr 1893.

Arnold v. d. Passer.

1. Kapitel

Ein Fest am Victoria-Nyanza, anno 2398 n. Chr. – Die
Bewässerung der Sahara – Der Freilandstaat in Gefahr –
Verlassene Kolonien – Eine Volksabstimmung – Das verödete
Weltmeer – Ein Riesenkanal – Die Flotte des Freilandstaates

Die große Volkshalle in Thomasville am Victoria-Nyanza-See[1], der
Metropole des Freilandstaates, war am Abend des 17. März 2398 bis
auf das letzte Plätzchen gefüllt. Von den Eisensparren des riesigen do-
martig gewölbten Raumes hingen in anmutigen Bogen Girlanden herab,
durchwirkt von den Kelchen Tausender und Abertausender buntschil-
lernder tropischer Blumen; in zauberischem Glanze wogte von der
Kuppel hernieder ein Strom bläulich-weißen elektrischen Lichtes auf
die unzählbare, festlich gekleidete Menge, welche den Klängen eines
fünfhundertköpfigen Sängerchores lauschte. Wie Gesang himmlischer
Heerscharen fielen in die imposante Tonfülle plötzlich hundert liebliche
Kinderstimmen ein, dann schloss sich brausend und rauschend der
Klang einer unsichtbaren Orgel an, und in mächtigen Akkorden endete
das Musikstück, gefolgt vom Beifallssturm der tief ergriffenen Menge.

Nach einer Pause, während welcher die allgemeine Erregung wieder
erwartungsvoller Stille Platz gemacht hatte, betrat der erste Präsident
der wissenschaftlichen Akademie zu Thomasville, der in weitesten
Kreisen berühmte und gefeierte Professor Bellmann, die in der Mitte
des Orchesterraumes errichtete Rednerbühne und seine kraftvolle
Stimme drang in wohlgesetzter Rede bis in die fernsten Winkel des
kolossalen Raumes. Er besprach zunächst die Ursache des heutigen, an
allen bewohnten Stätten des Kontinentes gleichzeitig gefeierten Festes.
Heute vor 500 Jahren, am 17. März 1898 hatten jene weitblickenden
und hochherzigen Männer, welche von Europa herübergefahren waren,
um im Herzen Afrikas den Freilandstaat zu gründen, den Boden des
dunklen Weltteiles betreten. Ihnen ist es zu verdanken, dass Afrika jenen
Namen schon seit Jahrhunderten nicht mehr verdient, dass es vielmehr
allen Anspruch erheben kann, der »glückliche« Weltteil genannt zu

1   Heute Victoriasee. Anm. d. Hrsg. 2020

werden. Und nun schilderte der Redner in kurzen Umrissen die Geschichte der letzten fünfhundert Jahre, wie das kleine, am Keniagebirge unter Schwierigkeiten und Hindernissen aller Art gegründete Gemeinwesen, Dank den richtigen und humanen Grundsätzen, von denen es geleitet wurde, immer mehr und mehr sich entwickelte und aufblühte, wie seine Grenzen sich ausdehnten, und wie es endlich so weit kam, den ganzen großen Kontinent von der Küste des Mittelmeeres bis hinab zum Kap der guten Hoffnung und Millionen friedlicher, gesitteter Menschen zu umschließen.

Schon seit Jahrhunderten waren die großen Wildnisse des Innern erschlossen und die Negerbevölkerung hatte sich so kulturfähig gezeigt, dass aus ihrer Mitte seither eine große Zahl vortrefflicher Künstler und Gelehrter hervorgegangen waren. Die grausamen Sklavenjagden vergangener Zeiten lebten nur noch wie halbverschollene Sagen in der Überlieferung der jetzigen Generation. An den großen Seen, wo früher blutige Schlachten zwischen den sich befehdenden Stämmen geliefert worden waren, breitete sich eine Kette anmutiger Ortschaften aus und als Perle unter ihnen die prächtige, glanzvolle Hauptstadt Thomasville, dem großen Utopisten des Reformationszeitalters, Thomas Moore, zu Ehren so genannt. Die Sahara hatte die Bewohner von Freiland ebenso wenig in ihrem Kulturwerk aufzuhalten vermocht, als die riesigen Urwälder am Aruwimi, welche Stanley einst mit seinen halb verhungerten Scharen durchzog. Erstere war schon seit zweihundert Jahren in ihrer ganzen Ausdehnung bewässert und jetzt ein unabsehbares Fruchtgefilde, mit reizenden Palmenhainen geschmückt, die sich in den kühlen Fluten der Kanäle spiegelten, von denen das Land allenthalben durchzogen wurde. Viele Hunderte blühender Städte und Dörfer lagen jetzt dort, wo einst der Samum mit den Gebeinen verschmachteter Karawanen sein Spiel getrieben hatte. Der Urwald am Aruwimi aber war schon längst in einen Riesenpark verwandelt, von Straßen und Eisenbahnen durchzogen und nicht mehr von Kanibalen und Zwergen, sondern von schöngebauten, hochkultivierten Menschen bewohnt. Fast ungestört hatte sich dieses großartige Kulturwerk im Laufe der Jahrhunderte vollzogen; erst langsam, dann schnell und immer schneller. Nur ein einziges Mal, gegen Ende des 20. Jahrhunderts, schwebte der Freilandstaat in Gefahr, vernichtet zu werden, nicht durch die Scharen der Eingeborenen oder der räuberischen Araber, sondern durch große bewaffnete Expeditionen, welche von Europa aus abgesendet worden waren, um dem jungen Gemeinwesen die Oberhoheit und die Gesetze der alternden Staaten jenseits des Mittelmeeres aufzuzwingen.

Damals kam es zwischen der Küste und den großen Seen zum Entscheidungskampfe, in dem die Begeisterung der Freilandscharen einen glänzenden Sieg davontrug. Das war der erste und letzte Versuch gewesen, die Schrecken des Krieges in das friedliche Staatswesen im Innern Afrikas zu tragen; immer weiter und weiter schob es seine Ansiedlungen gegen die Küsten vor und gegen Mitte des 23. Jahrhunderts fanden die Freilandbürger, dass diese Küsten in ihrer ganzen Ausdehnung fast menschenleer waren. Die einst mit so großen Opfern gegründeten und unterhaltenen europäischen Kolonien waren aus unerfindlichen Ursachen verlassen und dem Ruine preisgegeben worden; nur an jenen Punkten, wo die europäische Kultur einst den festesten Fuß gefasst hatte, wie in Unterägypten in Algier und am Kap der guten Hoffnung, lebte noch in den Ruinen verfallener Städte ein kümmerliches entartetes Geschlecht, das noch einige Reste alter Kultur sich bewahrt, und dessen europäische Abkunft sich nicht gänzlich verwischt hatte.

Als man diese überraschende Entdeckung gemacht hatte und inne geworden war, dass, soweit das afrikanische Festland reichte, der Entwicklung des Freilandstaates nichts mehr im Wege liege, wurde allgemein das Verlangen laut, den Ursachen dieses Umstandes auf die Spur zu gehen.

Von den Küsten abgeschlossen, hatte das junge Staatswesen bisher sein ganzes Augenmerk lediglich auf seine innere Entwicklung und Festigung gerichtet und keinerlei Versuch gemacht, mit außerafrikanischen Völkern in Verkehr zu treten. Hatten die ersten Ansiedlergenerationen noch einige Beziehungen zur alten Heimat unterhalten, so war auch dieses lose Band im Laufe der Zeit gänzlich gelöst worden. Seit mehr als 200 Jahren war nur hie und da eine dunkle Kunde von Europa und seinen Zuständen ins Innere des afrikanischen Kontinentes gedrungen, und so war es leicht begreiflich, dass jetzt das Verlangen sich regte, das Versäumte nachzuholen und neue Beziehungen zu dem alten Mutterlande herzustellen. Eine Flotte sollte gebaut und ausgerüstet werden mit der Bestimmung, die Haupthandelsplätze der anderen Weltteile, namentlich Europas, aufzusuchen und über die Zustände dortselbst genau Bericht zu erstatten.

Diesem Verlangen widersetzte sich jedoch die Oberleitung des Staates sehr energisch und zwar aus schwerwiegenden Gründen. Noch waren die Kräfte des jungen Staatswesens bei Weitem nicht derart entwickelt, dass dasselbe gegen jede Einwirkung von außen her als gefeit angesehen werden konnte. Noch war die Hauptmacht des Staates im Innern des Weltteiles konzentriert; an den Küsten existierten nur vorgeschobene Posten, welche für den Fall, dass von Europa aus wiederum feindselige Absichten zur Durchführung gelangt wären, der Vernichtung fast mit Sicherheit ausgesetzt waren, noch lagen weite unkultivierte, oder nur dürftig bevölkerte Länderstrecken zwischen dem Innern und der Küste und große, die Tatkraft und den Fleiß der Bevölkerung auf Generationen hinaus in Anspruch nehmende Kulturaufgaben waren zu bewältigen. Ihre Hauptaufgabe erblickte die oberste Staatsleitung indessen darin, einen etwaigen Rückfall des Freilandstaates in die veralteten Geleise der kapitalistischen Produktionsweise unter allen Umständen unmöglich zu machen und sie fürchtete vielleicht nicht mit Unrecht, dass die Eröffnung von Handelsbeziehungen zu den alten Staaten imstande sei, in dieser Hinsicht unberechenbare Gefahren heraufzubeschwören, denen auf alle Fälle vorläufig aus dem Wege gegangen werden müsse, und zwar umso mehr, als Afrika bis zu diesem Augenblicke alles was seine Bewohner bedurften, selbst zu produzieren befähigt war. Mit dieser vielleicht etwas engherzigen Ansicht befand sich die Freilandregierung – zum ersten Male seit ihrem Bestande – in Widerspruch mit einem großen Teile der Bevölkerung, aber die Gründe, welche sie leiteten, wurden dennoch von der Mehrheit als einleuchtend anerkannt und der Regierungsantrag, die Expedition nach Europa bis zum Jahre 2398, dem fünfhundertjährigen Jubiläum von Freiland, zu verschieben, fand bei der allgemeinen Volksabstimmung die Majorität für sich. Man war entschlossen, keine von Europa aus etwa angeknüpften Beziehungen zurückzuweisen, aber ebenso entschlossen, von sich selbst aus derartige Beziehungen vor dem genannten Zeitpunkte nicht aufzusuchen. Wenn die Anhänger der Expeditionsidee aber nun gehofft hatten, dass von Europa oder anderen Weltteilen aus früher oder später ein Versuch gemacht werden möge, mit dem immer schöner aufblühenden afrikanischen Staate in Verkehr zu treten, so hatten sie sich gänzlich getäuscht. Seltsamerweise unterblieb ein solcher Annäherungsversuch und von allen Küsten Afrikas kam jahraus, jahrein die Meldung, dass das weite Weltmeer öde und verlassen daliege, dass auch am fernsten Horizonte nicht die Spur eines Segels zu entdecken sei. Inzwischen ging die Kultivierung Afrikas mit Riesenschritten vorwärts, und als die ersten 500 Jahre seit der Gründung des Freilandstaates sich ihrem Ende zuneigten, war der einst so unwirtliche Erdteil von einem Ende bis zum anderen ein Garten, ein Paradies, geschmückt mit allen Errungenschaften menschlicher Arbeit und bewohnt von Millionen zufriedener gesitteter Menschen.

Schon lange vor diesem Zeitpunkte war eine Riesenarbeit in Angriff genommen worden, welche den Zweck hatte, den Victoria-Nyanza direkt mit dem Meere in Verbindung zu setzen: Ein Schifffahrtskanal, für die größten Seeschiffe passierbar, wurde vom Westgestade des Sees bis zum Kongo angelegt, der Riesenstrom selbst in seiner ganzen Länge vom Meere bis zum Einfluss des Aruwimi, dessen Unterlauf selbst einen Teil des großen Kanals bildete, reguliert und kanalisiert, und als die Freilandflotte, bestehend aus 50 stattlichen Schiffen neuester Konstruktion, auf dem Victoria-Nyanza zum Auslaufen bereit lag, war der Kanal, durch den sie ihren Weg zum Meere nehmen sollte, bis auf den letzten Nagel in der letzten Schleuse fertig. Am morgigen Tage, so schloss Professor Bellmann seine Rede, werde der Präsident des Freilandstaates unter großen Feierlichkeiten diesen letzten Nagel eigenhändig einschlagen und die Flotte sodann augenblicklich ihre Reise nach den europäischen Küsten antreten.

»Ausgerüstet mit dem Besten, was die vereinte Arbeit der Freilandbürger geschaffen, wird sie, begleitet von unseren Segenswünschen, hinausfahren bis zu dem Gestade des alten, für uns schon fast verschollenen Mutterlandes und den Bewohnern desselben die Kunde überbringen, dass hier in Afrika die Nachkommen jener vor fünf Jahrhunderten gelandeten Ansiedler ein mächtiges blühendes Gemeinwesen sich geschaffen haben, in dem jeder die Früchte seines Fleißes voll und ganz genießen kann, in dem man nur aus den Überlieferungen einer fünfhundertjährigen Vergangenheit noch weiß, dass die Menschheit einst in Reiche und Arme geschieden war, und dass es Zeiten gab, in denen der Mensch seinen Nebenmenschen verhungern ließ, während er selbst in Überfluss schwelgte.

Diese Zeiten sind, für unsere Gesellschaft wenigstens, auf immer vorbei, und mit berechtigtem Stolze können wir hinweisen auf die

Früchte unserer segensreichen, selbstgeschaffenen Institutionen. Und sollte man jenseits des Meeres noch immer nicht den Segen derartiger Einrichtungen kennen, so möge unsere Flotte dort den Keim legen zu einer neuen besseren Zukunft, auf dass nicht bloß dieser Erdteil, sondern das ganze Erdenrund des Glückes teilhaftig werde, das wir schon längst genießen.«

So schloss Professor Bellmann unter rauschendem Beifall seine Festrede.

2. Kapitel

Europäische Reliquien – An der Elbemündung – Im Hafen von Hamburg – Ruinenstadt und Totenschiffe – Eine Begegnung mit Eingeborenen

Ohne an irgendeinem Punkte der europäischen Küsten zu landen, war die afrikanische Flotte durch den Atlantischen Ozean und den Kanal bis in die Nordsee gesegelt und schwamm in einer windstillen Frühlingsnacht, angesichts der deutschen Küste, ihrem ersten Ziele, der Elbemündung, zu, um im Hafen von Hamburg vor Anker zu gehen. Der Mondschein lag hell auf der weiten Wasserfläche, über der ein leichter nebliger Dunst wallte, kein Laut war weit und breit hörbar als das leise Gurgeln und Klatschen der Wellen am Kiel und das dumpfe, gleichförmige Dröhnen der mächtigen Schiffsmaschinen. In weiter Ferne, kaum unterscheidbar, streckte sich der schwarze dünne Streifen der norddeutschen Küste hin, aber vergebens spähte der Blick nach einem freundlichen Lichtscheine; dunkel und glanzlos lag das Land, soweit die Augen es erfassten.

An der Brüstung eines der majestätisch dahingleitenden Schiffe lehnten zwei junge Seeleute, mit gespannter Aufmerksamkeit zu jenem dunklen Streifen in der Ferne hinüberlugend.

»Kein Licht weit und breit! Weder ein Leuchtturm noch eine Bake! Das scheint mir eine nette Wirtschaft zu sein!«, brummte der eine, eine hochgewachsene schlanke Gestalt.

»Die Hamburger sind vermutlich auf unseren Besuch nicht gefasst, oder die Lotsen hierzulande kriechen mit den Hühnern ins Bett«, erwiderte sein Kamerad, »deine Verwandten, Kurt, liegen gewiss auch längst in den Federn!«

»Kannst recht haben, Willy, wenn sie überhaupt existieren«, sprach wieder der Erste, »bin auch verdammt neugierig, was sie für Augen machen werden, wenn der Vetter aus Afrika daherkommt!«

»'s ist mir nur nicht recht klar«, meinte Willy, »wie du ihre Spur finden willst in dem Lande, wo wir keinen Menschen kennen!«

»Das ist vielleicht nicht so schwer, als du glaubst. In meiner Familie haben sich viele Reliquien aus Europa erhalten, aus jener Zeit, als die Gründer unseres Staates diesen Erdteil noch nicht verlassen hatten. Ein Urahne meines Vaters hatte noch in Europa eine Art von Familienarchiv angelegt, in welchem er alle Erinnerungsstücke seiner Familie, sowie seines eigenen Lebens sammelte. Dieses Archiv, welches schon damals einen Schatz an wertvollen interessanten Handschriften, Porträts und Andenken aller Art umfasste, brachte er mit nach Afrika und es ist seitdem in unserer Familie heilige Pflicht geworden, dasselbe zu erhalten und nach Möglichkeit zu vermehren. 's war für mich auch stets ein Hauptvergnügen, in diesen Schätzen zu wühlen. Wie ich nun aus einem Tagebuch eines meiner Vorfahren ersah, stammt unsere Familie aus Thüringen. Nach unserer Landung werde ich mir gleich Urlaub erbitten, um mit dem ersten Blitzzuge dorthin zu reisen. Wenn du Lust hast, Willy, so kannst du mich begleiten.«

»Einverstanden, alter Junge«, rief Willy, »und wenn du in Thüringen ein hübsches Bäschen findest, so überlässt du sie mir, das bedinge ich mir aus.«

Er hatte kaum ausgesprochen, als ein heftiger Stoß das Schiff in allen seinen Teilen erzittern ließ. Die Freunde eilten der Kommandobrücke zu, von wo aus die Stimme des Kapitäns in den Maschinenraum hinabgellte: »Halt! Rückwärts! Langsam!«

»Was ist los, Kapitän?«, rief Willy hinauf.

»Wir sind aufgefahren«, tönte es zurück, »es muss eine Untiefe im Fahrwasser sein, verdammt, dass man uns keinen Lotsen schickt!«

Inzwischen war das Zeichen zum Halten auch den anderen Schiffen gegeben und eiligst untersucht worden, ob das Schiff beim Anlaufen etwa Schaden gelitten. Alles fand sich im besten Stand, aber der Kommandant der Flotte war doch der Ansicht, dass es ratsamer sei, auf dem Platz bis zum Morgen zu verharren und vor der Weiterfahrt das unsichere Fahrwasser genau zu untersuchen. Alles verwunderte sich indes, dass in unmittelbarer Nähe der Elbemündung, an einer sicherlich viel befahrenen Route, kein einziges Warnungssignal diese gefährliche Stelle bezeichnete. Der Vorsicht halber und um einen etwaigen Zusammenstoß mit anderen Schiffen zu verhüten, ließ man das elektrische Licht nach allen Seiten weithin über die See spielen, aber die Sorge war unnütz, das weite Meer war wie ausgestorben und nicht einmal eine Fischerbarke kreuzte, soweit die Blicke reichten. Also wurden die Anker ausgeworfen, die in geringer Tiefe Grund fanden und der Morgen abgewartet.

Das Erste, als der Morgen kam, war, Boote auszusetzen und das Fahrwasser nach allen Richtungen hin abzuloten. Das Ergebnis war kein besonders erfreuliches. Überall, wo man auch das Senkblei hinabließ, fand man in der Tiefe von wenigen Metern Grund, nirgends aber genügendes Fahrwasser für die Schiffskolosse der afrikanischen Flotte. Es war kein Zweifel mehr: Die Elbemündung, einst die Einfahrtsstraße unzähliger Schiffe jeder Größe, war total versandet und nur noch mit Booten zu befahren. Kopfschüttelnd hatte der Kommandant diese Meldung vernommen und dann die Kapitäne der übrigen Schiffe zu sich beschieden, um Rat zu halten. Das Ergebnis der Beratung war endlich, dass zwölf wohlbemannte Boote, mit Waffen und mit Proviant auf zehn Tage versehen, in See gelassen wurden, um die Rätsel, welche sich hier darboten, womöglich zu lösen. Es braucht kaum erwähnt zu werden, dass die beiden Freunde Willy und Kurt sich ebenfalls bei der Expedition befanden, ja dem Ersteren war sogar die Ehre zuteil geworden, mit dem Befehle über die kleine Flotille betraut zu werden. Mit sichtlichem Eifer und in erwartungsvoller Stille trafen die zur Einschiffung bestimmten Männer ihre Vorbereitungen. Alle waren gespannt auf die Entdeckungen, welche sich ihnen darbieten sollten, gar mancher aber konnte sich eines unbestimmten bangen Gefühls nicht erwehren.

Am 1. Mai 2398 setzte sich um 11 Uhr vormittags die Expedition in Bewegung. In jedem der zwölf Boote befanden sich einundzwanzig Mann; es waren also, ohne die beiden Freunde, gerade zweihundertundfünfzig vortrefflich bewaffnete und geschulte, kräftige Männer bei der Expedition, eine Macht, mit der man gegebenenfalls auch ernsten Eventualitäten schon mit einiger Zuversicht ins Auge sehen konnte. Signalapparate von äußerst sinnreicher Konstruktion, deren jedes Boot mit sich führte, ermöglichten es außerdem, sich mit der vor der Barre ankernden Flotte im Falle der Not auf sehr weite Distanzen zu verständigen. Drei Boote bildeten die Vor- und drei die Nachhut der Flotille, während zwischen beiden Abteilungen, einige Hundert Meter von einer jeden entfernt, das Gros der Expedition, sechs Boote stark, einherfuhr.

Die Boote wurden nicht durch Ruder, sondern durch kleine, aber sehr kräftige Elektromotoren in Bewegung gesetzt und waren einer großen Geschwindigkeit fähig. Da man sich jedoch hier in einem gänzlich unbekannten Fahrwasser befand – die mitgebrachten Karten erwiesen sich als veraltet – und noch nicht wusste, auf welche Hindernisse man vielleicht stoßen werde, so hatte Willy den Befehl erteilt, mit mäßiger Geschwindigkeit vorwärts zu fahren. Anfangs bot sich den Blicken nichts Bemerkenswertes dar; niedere flache Ufer, mit Buschwerk bewachsen, dehnten sich zu beiden Seiten des mächtig dahinflutenden Stromes aus; je weiter man aber kam, desto deutlicher drängte sich allen die Gewissheit auf, dass hier im Laufe der letzten Jahrhunderte furchtbare Veränderungen Platz gegriffen hatten. Jeder Mann der Freilandflotte hatte sich mit der Überzeugung der deutschen Küste genähert, dass er ein reich bevölkertes, mit blühenden Städten und Dörfern bedecktes Land finden werde, gesegnet mit allen Errungenschaften einer zweitausendjährigen Kultur und namentlich von Hamburg, der großen und reichen Handelsstadt, hatten sich alle diese, aus dem Innern Afrikas stammenden Männer die glänzendsten Vorstellungen gemacht. Aber nichts von dem fand sich hier verwirklicht. Das ganze Land schien eine einzige trostlose Einöde, eine menschenleere Wüste zu sein. Auf den niederen Hügeln, die sich bei der Weiterfahrt zeigten, wucherte wildes Gestrüpp, das hier und da einzelne rauchgeschwärzte Reste uralter Ruinen mit tausend Ranken umklammerte und überwucherte. Nirgends ein menschliches Wesen, oder auch nur die Spur eines solchen. Scharen flüchtiger Möwen schienen das einzig Lebendige weit und breit zu sein. So hatte man diejenige Stelle des Flusses erreicht, an welcher sich, den Karten zufolge, der Hafen befinden sollte, der große berühmte Hamburger Hafen, der Stapelplatz unermesslicher Schätze aller Weltteile. Was sich den Blicken hier darbot, war ein Bild grauenhafter Verwüstung und Verwilderung. Das weite Hafenbassin war mit einer grünen filzigen Masse bedeckt, durch welche sich die Boote nur mit Mühe vorwärts bewegten. Wo der Kiel diese Masse durchschnitt, stiegen faulige, pestilenzialische Dünste empor. Von dem Mastenwald, der einst hier zu finden gewesen, war nichts zu sehen, als die Wracks einiger großer Dampfer altertümlicher Bauart, welche, dick mit Rost und Moder überzogen, an den verfallenen Quais lagen. Längs dieser Quais mussten vorzeiten ganze Reihen prächtiger Paläste gestanden sein; davon legten noch die imposanten Ruinen Zeugnis ab, die sich in weitem Umkreise den Ufern entlang zogen.

»Das habe ich mir anders vorgestellt«, flüsterte Willy seinem Freunde zu. »Ob's wohl in Thüringen bei deinen Verwandten ebenso ausschaut?«

Die Boote der Expedition befanden sich jetzt alle in engem Kreise versammelt, und Willy erteilte den Befehl zur Landung. Fünfzig Mann wurden an der Landungsstelle als Reserve und zur Bewachung der Boote zurückgelassen. Die übrigen formierten vier Abteilungen von je fünfzig Mann und drangen nach verschiedenen Richtungen in die Straßen der Ruinenstadt vor. Ehe sie sich in Bewegung setzten, kam eine kleine Abteilung, welche der Kommandant zur Untersuchung der alten Schiffe entsendet hatte, zurück. Die Leute zeigten auffallend verstörte Mienen und ihr Führer meldete, dass sich ihnen im Innern eines Wracks ein furchtbarer Anblick dargeboten habe. Haufen von Skeletten, manche davon noch die Klinge oder den Revolver in der Faust, lägen auf Verdeck und in den Kajüten, und der Anblick dieser mit grünem Schimmel halb überzogenen, vermoderten Überreste sei so grauenhaft, dass er einen Menschen um den Verstand bringen könne. Vor vielen Jahren müsse dort ein Kampf auf Tod und Leben stattgefunden haben, in dem die Schiffsmannschaft vermutlich bis auf den letzten Mann ihr Ende gefunden.

Der Vormarsch der einzelnen Abteilungen begann nun; bei derjenigen Truppe, welche der Kommandant selbst führte, befand sich natürlich auch Kurt. Man wählte zunächst eine ziemlich breite, in südwestlicher Richtung sich hinziehende Straße, deren halb oder ganz verfallene Gebäude noch die Spuren einstiger Pracht deutlich zeigten. Der Boden dieser Straße war einst mit Asphalt oder einer ähnlichen Masse gepflastert gewesen; diese Masse hatte durch Frost und Hitze unzählige tiefe Risse erhalten, in denen der Same von Pflanzen aller Art Wurzel geschlagen hatte. So war der ganze Boden allenthalben mit Gestrüpp, Disteln und Schlingpflanzen überwuchert und das Vorwärtskommen ziemlich beschwerlich. Vorzeiten hatten vierfache Baumreihen, zwischen denen in gewissen Abständen eiserne Laternensäulen sich erhoben, der Straße zur Zierde gereicht. Von diesen Bäumen hatten sich einzelne inmitten der allgemeinen Zerstörung frisch und lebendig erhalten, aber ihre Kronen hatten einen gewaltigen Umfang erreicht und ihre Wurzeln den Asphalt auf weite Strecken hin gespalten und in Schollen, wie Gletschereis, emporgehoben; die eisernen Kandelaber jedoch waren von unten bis oben mit Waldrebe und wildem Hopfen dicht umsponnen. Obwohl überall eine unheimliche Stille herrschte und nirgends die Spur eines menschlichen Wesens zu erblicken war, so schien Vorsicht doch geboten, da man nicht wissen konnte, ob dieses Trümmermeer in Wahrheit unbewohnt sei und falls es Bewohner barg, so – Kurt an der Seite seines Freundes dahinschreitend, hatte diesen Gedanken kaum ausgedacht, als eine vorausgeschickte Patrouille aus einer Seitengasse in Laufschritt quer auf sie zukam:

»Herr Kommandant, da drin sind Menschen, wir haben sie deutlich gesehen«, rief der Führer atemlos. Sofort ließ Willy das Signal »Halt!« gebieten und drang dann selbst an der Spitze der Hälfte seiner Mannschaft in die bezeichnete Gasse vor.

Nachdem ein Schutthaufen, der den Eingang der Gasse wie eine Barrikade versperrte, erklommen war, sahen sie weit hinein in einen schauerlichen Engpass zwischen verfallenen, hoch aufragenden Häusern. Das Licht der Nachmittagssonne berührte nur die obersten Ränder der von Alter und Wetter geschwärzten Massen, die jeden Augenblick mit dem Einsturz zu drohen schienen. »Dort hinten standen sie«, begann der Patrouillenführer, »ich habe sie deutlich gesehen, obwohl es nur ein Moment war.«

»Wie sahen sie aus?«, forschte Willy, indem er vergeblich mit vorgehaltener Hand die Dämmerung, welche in der Tiefe dieses Schlundes herrschte, mit den Blicken zu durchdringen suchte.

»Mir schien es ein Mann und ein Weib zu sein, in Lumpen gehüllt, mit wirren Haaren. Sie flohen wie der Blitz, als sie uns erblickten.«

»Also vorwärts«, kommandierte Willy, »wir müssen das Geheimnis ergründen!«

3. Kapitel

*Ein Marsch durch Schutt und Sumpf – Biwak in den Ruinen –
Unheimliche Gestalten – Die Expedition wird belagert – Ein
Nachtgefecht – Steinbombardement – Hilfe zur rechten Zeit*

Unter unsäglichen Schwierigkeiten drangen sie nun vor, ohne dass sich
etwas Bemerkenswertes gezeigt hätte. Die engen Gassen, durch welche
man sich bewegte, waren mit Schutt aller Art bedeckt. Mühsam und
unter steter Lebensgefahr mussten diese Hügel, die noch dazu mannshohes Gestrüpp bedeckte, überklettert werden. An anderen Stellen
hinderten Kanäle voll fauligen Wassers, die, in ihrem Laufe behindert,
alles weithin überflutet hatten, den Vormarsch, dann blieb nichts übrig,
als mit unsäglicher Mühe einen weiten Umweg zurückzulegen, um
schließlich auf den Resten eines morschen Brückenbogens vorsichtig,
Mann für Mann, das andere Ufer zu gewinnen.

Mit einbrechender Dunkelheit, zu Tode erschöpft, erreichte man einen kleinen, leidlich gangbaren Platz, auf dem der Kommandant mit
seiner Mannschaft die Nacht zu verbringen beschloss. Wunderbarerweise
hatte sich auf dem ganzen halsbrecherischen Marsche kein ernster
Unfall ereignet; einige Matrosen waren wohl durch fallendes Mauerwerk
leicht verletzt worden, aber diese Wunden waren ganz unbedenklicher
Natur. Die Vorbereitungen zum Biwak waren bald getroffen; aus vor-
gefundenen Holzresten nährten die Seeleute einige Feuer, welche gegen
die Nachtkühle hinreichend Schutz gewährten. Dem mitgenommenen
Proviant wurde tüchtig zugesprochen, nur an trinkbarem Wasser war
fühlbarer Mangel und der Durst konnte nur teilweise durch einige
Schlucke kalten Tees, welchen jeder in hinreichender Menge bei sich
führte, befriedigt werden. Vorsichtshalber ließ Willy aus den umherlie-
genden Steinen und Balken eine Art Brustwehr rings um das Lager
aufführen und an den Ausgängen des Platzes Doppelposten aufstellen.
Als so für die Sicherheit der kleinen Schar nach Möglichkeit gesorgt
worden, streckten sich die beiden Freunde auf ihre Mäntel in der Nähe
eines Feuers nieder und verfielen, ermüdet von den Anstrengungen
des Tages, bald in festen Schlummer.

Einige Stunden der Nacht mochten so verflossen sein, als Kurt plötzlich erwachte. Die Feuer waren im Verglimmen, aber dafür war der Mond über den Giebeln der Häuser emporgestiegen und übergoss alles mit hellem Scheine, von dem sich die tiefen Schatten der vielfachen Winkel und Vorsprünge an den umliegenden Ruinen nur desto schärfer abhoben. Während der junge Mann so sinnend, den Kopf auf einem Arme ruhend, dalag, blieb sein Auge auf einem mehrstöckigen Hause ruhen, welches sich in der Entfernung von etwa fünfzig bis sechzig Schritten, seinem Lagerplatze gegenüber, erhob.

Flüchtig glitten seine Blicke über die leeren, schwarz gähnenden Fensteröffnungen, als er plötzlich erschreckt zusammenfuhr.

Einen Augenblick lang hatte er geglaubt, in einer Fensterhöhle die Umrisse einer menschlichen Gestalt bemerkt zu haben. Er blickte schärfer hin – aber nichts Verdächtiges zeigte sich, und in der Überzeugung, sich getäuscht zu haben, sank er in seine frühere Stellung zurück. Dabei fiel aber sein Blick auf eine andere Fensteröffnung, und wiederum war es ihm, als sähe er dort eine Gestalt in schwachen Umrissen auftauchen und verschwinden. Und dort am nächsten Fenster, am zweiten, am dritten, überall das nämliche und jetzt flammte auch ein fahler Lichtschein in den Ruinen auf, von dem sich die Umrisse menschlicher Gestalten, in Lumpen gehüllt, scharf abhoben.

Es war kein Zweifel mehr: Diese Trümmerstadt hatte eine Bevölkerung, die zur Nachtzeit aus ihren verborgenen Schlupfwinkeln hervorkam, als scheue sie sich, ihr Elend dem Tageslichte zu enthüllen. Entsetzlicher Gedanke! In diesem giftigen Moderdunst zu leben, weit und breit nichts als Tod und Verwüstung, in steter Gefahr, von diesen Massen begraben zu werden, die wie das grässlich verzerrte Antlitz eines in tausend Qualen Dahingeschiedenen zum Himmel emporstarrten, eine furchtbare, versteinerte Anklage gegen die Sünden verschollener Generationen.

Kurt rüttelte seinen Freund aus dem Schlummer empor; während er ihm aber mit hastigen Worten seine Entdeckung mitteilte, kamen auch schon von den aufgestellten Posten Meldungen, welche besagten, dass sich überall in den in undurchdringliches Dunkel gehüllten Seitengassen unheimliches Leben zu regen beginne. Verwilderte Erscheinungen, langhaarig, halb nackt, mit Knitteln bewaffnet, tauchten allenthalben auf, zogen sich indessen beim Anblick der Wachen stets scheu wieder zurück. Die ganze Mannschaft war in einigen Augenblicken auf den Beinen und stand, die Waffen schussbereit in Händen, der Befehle ihres Kommandanten gewärtig, in Reih und Glied. Noch war es ungewiss, ob die Eingeborenen feindselige Absichten hegten; Vorsicht war aber auf alle Fälle geboten und so ließ Willy zunächst die aufgestellten Posten zurückrufen, um seine kleine Streitmacht nicht zu zersplittern. Zugleich ließ er in Eile die niedere Brustwehr, mit welcher man am Abend das Lager umgeben hatte, erhöhen und verstärken und verteilte dann seine Mannschaft derart, dass sämtliche den Platz umgebenden Häuserfronten und Seitengassen nötigenfalls unter Feuer genommen werden konnten. In diesen Häusern war es unterdessen furchtbar lebendig geworden. Kaum eine einzige Fensteröffnung, an der sich nicht jene verwilderten Gestalten gezeigt hätten. Die Scheu der dämonischen Gesellen schien, je mehr ihre Zahl wuchs, abzunehmen. Immer häufiger und immer länger zeigten sie sich; vielstimmiges, unverständliches Geschrei ertönte bald da, bald dort und man sah deutlich, wie einzelne mit Feuerbränden in der Hand hin und her liefen.

So verging wieder eine geraume Zeit und schon hoffte Willy, dass das nächtliche Abenteuer friedlich verlaufen werde. Gegen zwei Uhr morgens berührte die Mondscheibe die Giebel der den Platz umgebenden Häuser, einige Minuten später war alles rings in nächtliche Dunkelheit gehüllt. Die spähenden Augen der hinter ihrem Steinwall kauernden Männer gewöhnten sich nach und nach soweit an die Finsternis, dass sie wenigstens auf zwanzig bis dreißig Schritte weit jede verdächtige Erscheinung hätten wahrnehmen können. Plötzlich raunte einer der Männer dem Kommandanten ins Ohr: »Jetzt kommen sie!« Wie elektrisiert fuhr Willy empor und beugte sich über die Schutzwehr; seine Augen suchten zuerst vergeblich die herrschende Dunkelheit zu durchdringen; da, mit einem Male war es ihm, als hätten sich seine Blicke geschärft, und deutlich sah er nun die dunkle gespenstige Masse, die schweigend in einem großen Ring von allen Seiten das Lager umgab. Sie standen Kopf an Kopf, Schulter an Schulter und Willy glaubte, ihre verzerrten wilden Gesichter, ihre fleischlosen Arme, ihre ekelhaften Lumpen zu sehen.

Lautlos, eine lebendige Mauer, rückten sie Zoll für Zoll heran; man hörte ihre Tritte nicht, man fühlte ihre Nähe mehr, als man sie sah, und namenloses Grauen ging vor ihnen her. Ohne ein Wort zu verlieren, hatte sich jeder der Freilandleute auf seinen Posten gestellt und sich kampfbereit gemacht. Da flammte es hier und dort in den Häusern auf; einzelne Gestalten erschienen an den Fenstern, Feuerbrände hoch emporhaltend, deren Schein mit einem Male die ganze furchtbare Masse der Feinde erkennen ließ. In der nächsten Sekunde ein Kampfgeheul aus Tausend und Abertausend Kehlen und wie eine Horde Tiger stürzten sie sich, armsdicke Knüppel in den Fäusten, auf die umzingelte Schar. Eine furchtbare Salve empfing sie aus nächster Nähe; der niedrige Steinwall glich einem feuerspeienden Berge, aber nur zwei Sekunden lang. Ein Geschrei, das nichts Menschliches an sich hatte, hallte in den Ruinen wider, denn als habe sie die Erde verschlungen, war die Masse der Angreifer verschwunden; der Sturm war abgeschlagen.

Die Ruhe sollte indessen nicht lange dauern. Man sah in den Häusern den Schein von Fackeln aufleuchten und wieder verschwinden, man hörte Geschrei und Geheul. Plötzlich sauste ein faustgroßer Stein durch die Luft daher und fiel mitten im Lager nieder, ohne jemanden zu verletzen. Ein zweiter, dritter, vierter folgten, die ihr Ziel nicht verfehlten; ein Matrose brach, am Kopf getroffen, lautlos zusammen, ein anderer schrie auf: Ein Finger war ihm zerschmettert und das folgende Wurfgeschoss riss dem Kommandanten den Revolver aus der Hand. Schüsse, welche nach den Fenstern abgegeben wurden, fruchteten nichts; die Steine wurden offenbar aus gedeckter Stellung mittelst Schleudern geworfen; das zeigte schon die große Gewalt und Sicherheit, mit der sie dahersausten. Nach einer Viertelstunde war ein großer Teil der Mannschaft mehr oder minder schwer verwundet und auch Willy blutete aus einer tiefen Kopfwunde.

Unterdessen hatte die Nacht der Morgendämmerung Platz gemacht; das Bombardement endete plötzlich und schon atmete die hart bedrängte Schar auf, als tausendstimmiges Geschrei ihr einen neuerlichen Angriff verkündete. Wer noch aufrecht stehen konnte, eilte, der Wunden nicht achtend, auf seinen Posten an der Schutzwehr, aber zehn Mann lagen bewusstlos oder sterbend inmitten des Lagerraumes. Aus allen Seitengassen quoll es nun unzählbar hervor. Die Schüsse, welche ihn empfingen, machten den Feind einen Augenblick stutzen, aber die Wucht der von hinten Nachdrängenden schob die vorderen Reihen unaufhaltsam vorwärts. Hie und da fiel einer, von den Kugeln der Seeleute getroffen, aber dies hielt die große Masse nun nicht mehr auf.

Im Nu hatte sie die Schutzwehr erreicht; riesige Knüppel sausten von allen Seiten auf die Bedrängten nieder und ein erbitterter Kampf, Brust an Brust, begann, dessen Ausgang kaum zweifelhaft sein konnte. Nach wenigen Minuten war die kleine Schar der Verteidiger, erheblich gelichtet, inmitten des Lagerraumes zusammengedrängt, wo sie, Rücken an Rücken, verzweifelt kämpfend, sich der Übermacht zu erwehren suchte.

In diesem Augenblick, als Willy, aus mehreren Wunden blutend, die Zahl seiner Leute zusammenschmelzen sah, ertönte aus einer der Seitengassen im Rücken der Angreifer ein Hornsignal. Einige Schüsse folgten, die Wut der Angreifer ließ nach, und nachdem sie noch einige Augenblicke gezaudert hatten, wandten sie sich zur Flucht. Bald waren die Letzten in den Gassen der Trümmerstadt verschwunden, nur Tote und Sterbende bedeckten den Platz rings um das Lager. Die Streifkolonne, welche, angelockt durch das Schießen, sich durch alle Hindernisse bis hierher Bahn gebrochen, war gerade zur rechten Zeit gekommen.

4. Kapitel

Eine neue Expedition wird ausgerüstet – Deutschland eine Wüste –
Ein Grab im Thüringer Walde – Kurt findet seine Verwandten –
Was aus Schiller und Goethe geworden

Nach den Vorgängen jener Mainacht war das Expeditionskorps wieder an Bord der Flotte zurückgekehrt. Man hatte die Opfer des nächtlichen Kampfes bestattet und die Blessierten in sorgsame Pflege genommen. Auch eine Anzahl verwundeter Eingeborner war auf den Schiffen untergebracht worden und es war seltsam zu sehen, mit welch grenzlosem Erstaunen diese verwilderten Menschen es hinnahmen, als man sie wusch, auf reinliche Lager bettete, ihre Wunden verband und ihnen stärkende Labung reichte. Die Genesenen wurden, mit Kleidern und Nahrungsmitteln reich beschenkt, nach einigen Tagen wieder heimgeschickt, und als wieder ein solcher Transport im Hafen ans Land gesetzt werden sollte, fand man das Ufer bedeckt mit Hunderten, welche in unzweideutiger Weise ihre friedlichen Gesinnungen zum Ausdrucke brachten. Es wurden Unterhandlungen angeknüpft, was umso leichter möglich war, als die Sprache der Einwohner sich als ein uraltes, aber immerhin verständliches Idiom erwies, das den Seeleuten aus Freiland bald geläufig wurde. Aber unmöglich war es, aus den Andeutungen jener Menschen ein Bild zu gewinnen über die Ursachen der entsetzlichen Veränderung, welche sich in ihrem Lande zugetragen hatte. Sie wussten von nichts; so weit sie und ihre Eltern und Großeltern zurückzudenken vermochten, war alles so gewesen, wie heute. Es war ihnen unbekannt, wer die Stadt erbaut hatte, in deren Trümmern sie ihr elendes Leben fristeten, sie wussten ebenso wenig, wer sie zerstört hatte. Ihrer Aussage nach war das Land auf viele Meilen im Umkreise eine Wildnis und ähnliche Trümmerstätten allenthalben anzutreffen. Wovon sie lebten? Das wussten sie beinahe selbst nicht. Auf ausgehöhlten Baumstämmen fischten sie in der Elbe, sie sammelten Muscheln und Seetiere am Strande des Meeres, sie stellten Fallen in den Wäldern und lauerten in der Heide auf allerlei niederes Getier. Etwas Ackerbau schienen einige von ihnen auch zu treiben, aber nur in allerprimitivster Form. Im Großen und Ganzen stand ihre Kultur etwa auf der Höhe derjenigen, welche die meisten Stämme Zentralafrikas am Ende des 19. Jahrhunderts besessen hatten. Die Hoffnung, vielleicht im Innern des Kontinentes noch Reste der alten Kultur zu finden und Aufschluss zu erhalten über die Rätsel, die sich hier darboten, bewog den Flottenkommandanten, eine neue, größere Expedition auszurüsten, welche die Aufgabe erhielt, ihren Weg quer durch das einstige deutsche Reich zu nehmen, die Alpen zu übersteigen und an einem bestimmten Punkte der italienischen Küste wieder mit der Flotte zusammenzutreffen, welche bis auf ein kleines Reservegeschwader, das für alle Fälle vor der Elbemündung kreuzen sollte, ihre Rückfahrt durch den Kanal und die Enge von Gibraltar ins Mittelmeer antrat.

Dieser Expedition schlossen sich die beiden Freunde selbstverständlich an. Wollte doch Kurt auf seinen Plan, die Spuren seiner Vorfahren ausfindig zu machen, nicht ohne Weiteres verzichten. Allerdings waren die Schwierigkeiten, welche sich seinem Vorhaben entgegenstellten, keine geringen. Wie konnte er hoffen, unter den wilden Horden, welche dieses Land bevölkerten, diejenigen Aufschlüsse zu erhalten, auf welche er mit Sicherheit gerechnet hatte? Merkwürdige Überraschungen waren es denn auch, welche ihm und seinen Genossen auf ihrer Entdeckungsreise durch Europa zuteil werden sollten.

Achthundert Mann stark war die Expeditionstruppe durch menschenleere Wüsten und Wälder bis an den Saum des Thüringer Waldes vorgedrungen, ohne auf etwas anderes zu stoßen, als auf verlassene Stätten einstiger Kultur und halbwilde Stämme, welche nomadisierend die Wildnis durchzogen. Kümmerliche Spuren von sesshaften Ansiedlungen, deren Bewohner kleine Strecken öden Grundes mit Erdäpfeln und Heidekorn bestellt hatten, fanden sich hie und da in den Wäldern verstreut, immerfort bedroht von räuberischen Überfällen der Nachbarn oder von Angriffen wilder Tiere. Mit jedem Tagesmarsche wurde es den Mitgliedern der Expedition immer klarer, dass ganz Deutschland, vermutlich ganz Mitteleuropa, aus unbekannten Gründen eine Stätte des Elends und der Verzweiflung geworden, dass hier eine uralte, zweitausendjährige Kultur für immerdar untergegangen sei.

Eines Tages rückte die Kolonne in ein uraltes Städtchen ein, welches zwar nicht, wie die meisten anderen Plätze, aus einem chaotischen Gewirre von Ruinen bestand, aber doch in seinem Äußern ein trostloses Bild tiefsten Verfalles darbot. Die meistens einstöckigen Häuser längs den ziemlich breiten Straßen waren, wie es schien, noch zum Teile bewohnbar; das Elend und der Hunger aber grinsten aus den von Lumpen umflatterten Fensteröffnungen; übel riechender Rauch drang hie und da ins Freie aus notdürftig verhängten und brettervernagelten Rissen und Spalten. Die Straßen waren mit Gras bewachsen, während längs der Häuser Haufen von Unrat aller Art lagerten; augenscheinlich waren die Bewohner gewöhnt, alles, was ihnen in ihren Behausungen lästig wurde, auf die Gasse zu werfen. Im Gegensatze zu den Eingeborenen, welche die Expedition auf ihrem Marsche bisher angetroffen hatte, zeigten sich die Bewohner dieser Stätte nichts weniger als scheu. Anfänglich erschienen sie wohl nur an den Fenstern und Türen ihrer Häuser; später aber kamen sie auch auf den von den Freilandleuten zur Rast ausersehenen Platz und standen in dichter Reihe gaffend rings um das Feldlager der seltenen Gäste. Das Elend, welches auf ihnen lastete, kam da so recht ans Licht des Tages.

Es waren keine wilden, unheimlichen Gesellen, wie die, welche in den Trümmern des alten Hamburg hausten, aber der Eindruck, den ihre aus Flicken und Fetzen zusammengesetzte altväterische Kleidung, ihre eingefallenen Wangen, ihr blödes Lächeln hervorrief, war noch weit ergreifender.

Unsagbar traurig war der Anblick dieser geistig und körperlich verkümmerten Menschen, aus deren Augen Hunger und Stumpfsinn
sprachen. Die Fragen, welche man an sie richtete, beantworteten sie
mit einem kretinartigen Lachen oder unverständlich blökenden Tönen.
Nicht einmal den Namen, den ihre Stadt einst getragen, wussten sie
anzugeben und dennoch sollte sich bald herausstellen, dass ihnen eine
Erinnerung an längst vergangene Zeiten geblieben war, wenngleich in
eigentümlicher Form. Auf dem Platze, an dem die Expedition biwakier-
te, erhob sich ein Denkmal eigener Art. Auf einem hohen Sockel aus
Marmor standen da, in Erz gegossen, welches im Laufe der Jahrhunderte
eine grünbraune Patinaschicht überzogen hatte, die überlebensgroßen
Figuren zweier Männer in altmodischer Tracht. Der eine von beiden,
anscheinend der jüngere, mit wallendem Haar und freien edlen Ge-
sichtszügen, richtete die Blicke schwärmerisch gen Himmel, während
der andere, ältere, eine imposante Figur, klaren Auges mit der Ruhe
des gereiften Mannes ins Weite sieht. Beide Gestalten hielten gemein-
schaftlich mit je einer Hand einen Kranz; kein Name, keine Jahreszahl
war auf dem verwitterten Steine mehr sichtbar.

Als einige der Seeleute sich anschickten, dicht neben dem Denkmal
ein Lagerfeuer zu entzünden, kam auf einmal eine seltsame Unruhe
über die Eingeborenen. Mit ängstlichen Gebärden drängten sie sich
heran, wiesen auf das Denkmal und baten mit aufgehobenen Händen
und flehenden Mienen, den Stein, auf welchem die Erzbilder sich erhoben, nicht zu berühren. Einer unter ihnen, ein Greis mit weißem Haar
und Bart, in dessen Antlitz die Jahre unzählige Runzeln gegraben,
wusste sich durch einige Worte und Gebärden soweit verständlich zu
machen, dass die Freilandleute endlich begriffen, das rätselhafte Monu-
ment gelte in den Augen der Unglücklichen als eine Art Heiligtum,
dessen Berührung oder Beschädigung den Zorn überirdischer Mächte
heraufbeschwören könne. Kurt, der hinzukam, trug Sorge, dass seine
Leute in angemessener Entfernung von dem Denkmale ihre Vorbereitungen für das Biwak trafen und stellte sogar eine Wache auf, welche
jede Annäherung Unberufener an das Heiligtum des Ortes verhindern
sollte. Die armen Menschen, als sie dies sahen, waren vor Freude fast
außer sich; mit strahlenden Mienen, unverständliche Worte des Dankes
ausrufend, drängten sie sich an Kurt heran, drückten ihm die Hände
und küssten den Saum seines Rockes. Nachdem er sich mit Mühe ihrer

Gunstbezeigungen erwehrt hatte, versuchte er, sich ihnen so gut als möglich verständlich zu machen. Er glaubte annehmen zu dürfen, dass der Ort, von welchem seine Familie stammte, hier in der Nähe liegen müsse; vielleicht war es sogar dieses Städtchen, in dem er sich just befand; vielleicht waren einige dieser unglücklichen Geschöpfe Sprösslinge desselben Geschlechtes wie er.

Aber umsonst waren alle seine Fragen und Zeichen; die Eingeborenen schüttelten die Köpfe oder stießen ein blödes Lachen aus; von den Namen, die er nannte, hatte augenscheinlich keiner etwas gehört. Müde des nutzlosen Parlamentierens wendete sich Kurt endlich ab und ging seines Weges. Da trat jener Greis, wehmütig anzuschauen in seinem zerlumpten Röckchen, auf ihn zu und bedeutete ihn mit dringenden Gebärden, ihm zu folgen. Er führte ihn quer über den Platz durch mehrere Seitengassen, bis sie endlich draußen vor den letzten Häusern standen, wo eine mit niedrigem Gestrüpp bewachsene Fläche begann. Der Alte bog, dienstfertig voranschreitend, die Zweige der nächsten Stauden auseinander, und nun sah Kurt, dass er sich auf einem uralten, verwilderten Friedhofe befand. Im Schatten der niederhängenden Zweige lag da Stein an Stein, die Grabstätten verschollener Geschlechter, manche halb versunken in dem von Unkraut überwucherten Boden, alle mit Moos und Flechten überzogen und von Zeit und Wetter geschwärzt. Kurts Führer schritt rasch und achtlos zwischen den Gräbern durch, bis er eine Stelle erreichte, wo an einer verfallenen Mauer unter Fliederbüschen ein Grabstein lehnte, grau und verwittert gleich den übrigen, aber mit halbverwischten Lettern, auf die der Alte schweigend mit dem Finger deutete. Kurt beugte sich zu dem Steine nieder und begann mühsam die Inschrift zu entziffern. Nach einigen vergeblichen Versuchen hatte er den Schlüssel gefunden, die Buchstaben reihten sich ihm zu Silben und Worten, und da stand der Name, den er selbst führte, wohl in etwas veränderter Schreibweise, aber deutlich erkennbar auf der Platte; ein geborstener Stein, ein versunkener Grabhügel war die einzige Spur, die er entdeckt hatte.

Während sie den Rückweg antraten, gab er sich Mühe, seinem Führer deutlich zu machen, dass er, wenn möglich, ein noch lebendes Mitglied jener Familie zu sehen wünsche, deren Name er auf jenem Steine gelesen habe. Es war nicht ganz leicht, dem Alten das zu verdolmetschen, aber endlich bemerkte Kurt doch zu seiner Freude, wie ein

Schimmer von Verständnis in den Augen seines Begleiters aufleuchtete. Der Greis nickte lebhaft mit dem Kopfe, als Kurt seine Frage wiederholte, ergriff dann seine Hand und zog ihn in ein Seitengässchen hinein, das von einer Reihe elender baufälliger Hütten gebildet wurde. Hier bog er, nachdem sie etwa hundert Schritte zurückgelegt hatten, in einen Torweg ein, hinter dem sich ein enger von geschwärzten Mauern eingefasster Hof auftat. In einem Winkel dieses düsteren Raumes führte eine schmale zerbröckelnde Stiege in das obere Stockwerk hinauf. Eilfertig kletterte der Alte hinan; offenbar war er es gewöhnt, derartige Wege zurückzulegen; Kurt folgte zögernd; die ganze Exkursion fing an, ihm Bedenken einzuflößen und unwillkürlich griff er in den Gürtel, wo sein Revolver stak.

Oben angelangt, traten sie in ein kleines, ganz kahles Gemach, und kaum hatte Kurt einen Schritt über die Schwelle des unheimlichen Raumes getan, als er entsetzt zurückfuhr. Vor ihm, von einem Strohhaufen, erhob sich eine Gestalt, die nichts Menschliches mehr an sich hatte. Ein unförmlicher Wasserkopf, aus dem stiere, glanzlose Augen hervorquollen, ein zahnloser, weit offen stehender Mund, so wankte das Gespenst mit gellendem Lachen auf ihn zu. Er roch den muffigen, ekelhaften Dunst der Lumpen, sah wie ein Paar fleischloser Arme mit spinnenartigen Fingern nach ihm tasteten und ein Grauen überfiel ihn, wie er es nie zuvor gekannt hatte.

Als er wieder zu sich kam, stand er allein draußen auf der Gasse; der Alte war verschwunden, aber aus dem unheimlichen Hause gellte ihm noch schauerliches Lachen nach. Scheuen Blickes sich umschauend, eilte er mit großen Schritten dem Ausgange der Gasse zu. Als er den Lagerplatz erreichte, hatte die Mannschaft soeben abgekocht und er sah nun, wie die Eingeborenen, angezogen von dem Dufte der brodelnden Speisen, sich gierig herandrängten und sehnsüchtige Blicke in die dampfenden Kessel warfen. Der Vorrat der Expedition an Konserven aller Art, der unterwegs noch durch reiche Jagdbeute vermehrt wurde, war ansehnlich genug, um den armen, hungrigen Leuten manch saftigen Bissen zukommen lassen zu können und die Art, in welcher diese verkümmerten Geschöpfe ihre Dankbarkeit bezeigten, war wirklich rührend.

Die Sonne neigte sich dem Untergange zu, da bemerkte Kurt, wie zuerst einzelne, dann immer mehr und mehr Eingeborene sich in die

Nähe des Denkmals begaben, dort auf die Knie sanken und in betender Stellung verharrten. Die Menge vergrößerte sich durch Zuzug aus den umliegenden Häusern und Gassen und endlich mochten wohl mehrere Hundert beisammen sein, welche ihre Andacht vor dem Standbilde verrichteten. Als der letzte Sonnenschimmer verschwunden, schlichen sich die Betenden still davon und Kurt sah ihnen, in Gedanken versunken, lange nach. Er hatte nicht bemerkt, dass Willy zu ihm getreten war, bis er beim Klange seiner Stimme emporfuhr:

»Sie glauben, dass die Männer da oben zwei Brüder aus göttlichem Geschlechte vorstellen, die vor vielen Hundert Jahren vom Himmel herabstiegen, um den Menschen das Licht zu bringen. Die Schlechtigkeit der Menschen aber zwang sie, in ihre himmlische Heimat zurückzukehren. Nun beten diese Armen zu ihnen, immer in der Hoffnung, dass die Göttergestalten einmal wiederkehren und ihnen das verschwundene Paradies zurückbringen.«

5. Kapitel

Die Alpen in Sicht – Eine Schlappe der Expedition – Im deutschen Urwald – Das Leben in der Pfahlbauhütte – Kurt und Waltraut – Die Memoiren des Urahnen

Nach zweimonatlichem Marsche sahen die Expeditionstruppen in der Ferne die blauschimmernde Kette der Alpen auftauchen, die sie mit Jubel begrüßten; schien es doch jedem von ihnen, als sei nunmehr der größte Teil ihrer schwierigen Aufgabe gelöst. Jenseits dieser Berge begann ja die Zone eines südlicheren Himmels, schimmerte das blaue herrliche Mittelmeer, und weiter hinaus grüßte die Heimat, das schöne, sonnige Afrika. Ehe man den Fuß der Berge erreichte, waren indessen noch Hindernisse zu überwinden, welche von Tag zu Tag an Zahl und Größe zunahmen. Mächtige pfadlose Urwälder dehnten sich meilenweit vor der Truppe aus, die waldfreien Strecken aber bestanden aus unübersehbaren Sümpfen, in denen man nur einzeln, Mann für Mann, vorzudringen vermochte. Dazu kamen fast täglich die Angriffe kriegerischer Eingeborener, denen gegenüber man fortgesetzt auf der Hut sein musste. Es waren kräftige, hochgewachsene Menschen, die sich ihrer primitiven

Waffen mit großer Geschicklichkeit und einem an Wildheit grenzenden Ungestüm bedienten, auch jedem Versuche, friedliche Beziehungen anzuknüpfen, entschieden abhold waren.

Am 26. Juli gegen Abend wurde die Kolonne, als sie auf schmalem, sumpfigem Pfade einen Hohlweg passierte, von allen Seiten mit Heftigkeit angegriffen. Ein Hagel von Pfeilen, Wurfspießen und Steinen ergoss sich von den mit undurchdringlichem Urwald bedeckten Höhen auf die Expeditionstruppen, die sich in einer verzweifelten Lage befanden. Jeder Zusammenhalt löste sich auf; der einzelne Mann wehrte sich seiner Haut, so gut und so lange er konnte, aber dieser Widerstand gegen einen fast unsichtbaren Feind war von Anfang an ein hoffnungsloser. Als die Nacht hereinbrach, war es einem Teil der Expedition gelungen, sich mit Zurücklassung des Gepäcks aus dem unseligen Hohlwege zu retten; an zweihundert Mann aber fehlten und von ihnen fanden sich erst im Laufe des nächsten Tages etwa dreißig Versprengte, meistenteils verwundet, bei der Truppe wieder ein. Kurt war bald nach Beginn des Gefechtes, von einem Keulenschlag getroffen, bewusstlos zusammengesunken, und als er, mit dumpfem Schmerz in allen Gliedern und verzehrendem Durste, wieder zu sich kam, war es finstere Nacht. Er wollte rufen, aber zugleich fiel ihm ein, dass vielleicht Feinde in der Nähe sein könnten und so schwieg er und kroch vorsichtig dem Waldrande zu, um hinter den lang herabhängenden Tannenästen Schutz zu suchen. Mit der Morgendämmerung setzte er seinen Weg im Schatten des Waldes fort, solange es ihm seine sinkenden Kräfte erlaubten. Durch das dichteste Unterholz, über vermoderte Baumstämme, durch Sumpf und Gestrüpp, immer angstvoll spähend nach dem Feind, der unvermutet jeden Augenblick auftauchen konnte, so hastete er vorwärts, ohne recht zu wissen, wohin. Stunde auf Stunde verrann; die Sonne musste schon hoch am Himmel stehen, aber in die Nacht des Urwaldes spielte nur hie und da schüchtern einer ihrer Strahlen an den wettergrauen Stämmen herab. Mit dem letzten Reste seiner Kräfte erreichte Kurt endlich gegen Mittag eine Quelle, die unter einem Felsblock munter hervorrieselte und gänzlich erschöpft warf er sich neben ihr ins Moos. Sein Proviantstäschchen war ihm glücklicherweise nicht abhandengekommen, ein Stückchen der stärkenden Konserven, welche es enthielt, genügte vollauf, seine Kräfte neu zu beleben.

Nach längerer Rast erhob sich der Flüchtling wieder. Die Hoffnung, seine Kameraden einzuholen, musste er vorläufig aufgeben und aufs Geratewohl wanderte er weiter, einem ungewissen Schicksal entgegen.

Die Sonne war bereits im Sinken, als er sich am Ufer eines bis in unabsehbare Ferne sich ausdehnenden Seespiegels sah. Von menschlichen Behausungen war weit und breit keine Spur zu entdecken; was hätten sie wohl auch anders bergen können als Feinde? Der Flüchtling wandte sich dem Ufer entlang und suchte sich, nicht ohne Mühe, seinen Weg zwischen Schilf und Urwald. Plötzlich drangen seltsame liebliche Klänge an sein Ohr. Vom See herüber, aus dessen Flut mannshohes Schilf hervorwucherte, tönte der Gesang einer hellen Frauenstimme, als sei eine Nixe emporgestiegen aus der Tiefe. Ein uraltes, längst verschollenes Volkslied war es, was diese Stimme sang, und leise verhallten die Klänge über dem See. Einige Augenblicke blieb alles still, dann kam es wie leise Ruderschläge durch das wehende Schilf heran und mitten aus dem grünen Dickicht lugte mit einem Male ein wunderliebliches Mädchenantlitz, umflossen von lichtblondem Haar, das lang und aufgelöst über die Schultern herabfiel. Wie einen Geist starrte Kurt die holde Erscheinung an, die ihm so wundersam bekannt und doch wieder so fremd vorkam, und bittend hob er die Hände; wenn ihm Hilfe werden sollte in seiner verzweifelten Lage, so kam sie von diesem Wesen, das der Himmel selbst zu seiner Rettung in die Wildnis des deutschen Urwaldes geschickt haben mochte.

Mit fliegenden Worten sprach er von seinem Schicksal, seiner Flucht durch die pfadlosen Wälder, und als er beweglich bat, ihm Schutz und Obdach gewähren zu wollen, da sah er es seltsam aufleuchten in den großen dunklen Augen, die so fest und doch fragend auf ihn gerichtet waren; er wusste, dass er verstanden und erhört worden. Mit ein paar Ruderschlägen trieb das Mädchen ihr Fahrzeug dicht ans Ufer und winkte ihm stumm mit den Augen einzusteigen. Einige Minuten später schwammen sie draußen auf der Seefläche. Das Mädchen stand im Rückteil des Fahrzeuges und handhabe die Ruder mit Kraft und Geschicklichkeit; unverwandt war ihr Blick auf den See hinausgerichtet, während Kurt die Augen nicht abwenden konnte von der schlanken lieblichen Gestalt. Der Oberkörper der Schifferin war knapp umschlossen von einem Gewand aus feinem, fast schwarzen Pelze, welches Hals und Nacken sowie die Arme bis über die Ellbogen hinan frei ließ. Vom

Gürtel bis über die Knie herab fiel in Falten ein kurzes Kleid aus ähnlichem Stoffe; von seinem Saume bis zu den Knöcheln, welche niedliche Schuhe aus Rehleder umschlossen, war das schön geformte Bein nackt. Die blonden Haare bildeten einen seltsamen Gegensatz zu den großen dunklen Augen, die von langen, ebenso dunklen Wimpern beschattet wurden. Weibliche Anmut und selbstbewusste Kraft sprachen aus jeder Bewegung des biegsamen Leibes. Ohne ein Wort zu wechseln, waren sie so geraume Zeit dahingefahren; schon begann sich die Dämmerung leise über den See zu legen, da hielt das Mädchen einen Moment inne und deutete mit der Hand auf eine dunkle Masse, die aus der Flut emporragte:

»Meines Vaters Hütte! – Hier bist du sicher!«

Seit mehr als Monatsfrist lebte Kurt in der Hütte des Pfahlbauers am Ammersee und kaum merklich begann schon der Herbst seine ersten Boten in die Wald- und Seeeinsamkeit zu senden. An jenem Sommerabend, als die beiden an der Hütte landeten, hatte sie der Pfahlbauer mit verwunderten Mienen zwar, aber schweigend empfangen und dem Flüchtling die Hand zum Willkommgruße dargereicht. Dann hatte er ihn in den Wohnraum geführt, ihn zum Sitzen eingeladen und gutmütig mit lächelndem Antlitz zugesehen, wie sein Gast über den Imbiss herfiel, den das Töchterlein eilfertig herbeigetragen hatte. Seit jener Stunde war Kurt kein Fremdling mehr in der Hütte, und ihm, der gewohnt war, in der glanzvollen Metropole am Victoria-Nyanza die Errungenschaften einer hoch entwickelten Kultur zu genießen, flogen in dieser Wildnis die Tage mit einer traumhaften Schnelligkeit dahin. Der alte Günther, eine hohe, kraftvolle Gestalt, dem der schneeige Bart weit über die Brust herabfloss, nahm ihn fast täglich mit hinaus auf die Jagd oder zum Fischfang; in den übrigen Stunden des Tages gab es stets Arbeit in Hülle und Fülle und die Abendstunden vergingen nur allzu schnell im traulichen Geplauder auf der Bank vor der Hüttentür, wo man weit hinaussehen konnte über die goldigschimmernde Flut bis hinüber zu der blauen Alpenkette; die liebsten Stunden aber waren dem Flüchtling jene, welche er mit der blonden Waltraut zusammen im Kahn verbringen durfte. Die Hütte auf mächtigen Eichenpfählen an einer seichten Seestelle errichtet, war auf allen Seiten von Wasser umgeben und der Nachen, auf dem Kurt hierhergekommen, war daher das Verkehrsmittel, dessen man sich bedienen musste. Am Südrande des Sees, umgeben von einem festen Zaune, war ein Stück Urwald gerodet und in Acker und Wiesfeld verwandelt. In wohlgefügter Blockhütte standen daselbst zwei Kühe, das wertvollste Besitztum des Pfahlbauers und fast täglich gab es dort für Waltraut dies oder jenes zu schaffen, wobei ihr die Hilfe Kurts nicht unwillkommen schien. So zutraulich und herzlich aber auch Waltraut, schier wie ein Schwesterlein, sich ihm gegenüber zeigte, so scheu und zurückhaltend wurde ihr Benehmen, sobald er sich hinreißen ließ, einen wärmeren Ton anzuschlagen, ihre Hand zu fassen oder gar scherzend den Arm um ihre Hüfte zu legen. Er selbst aber, voll des redlichsten Willens, die ihm erwiesene Gastfreundschaft heilig zu halten, zwang sich mit Macht, die immer mehr in ihm aufsteigende Leidenschaft niederzukämpfen.

Die letzten warmen Herbsttage mit ihrem geheimnisvollen duftigen Schleier aus Nebel und Sonnengold waren vorübergegangen; in der Nacht hatte sich ein grimmiger Sturmwind aufgemacht und fuhr, Regenschauer vor sich her treibend, über die blaugraue Flut, dass sie in langgestreckten schweren Wogen aus der nebligen Ferne gegen die Hütte heranzog. Drinnen aber in dem engen Bau war's gar behaglich, denn von den Resten der untergegangenen europäischen Kultur hatte sich gerade noch genug in diesen Räumen erhalten, um das Leben in der Unwirtlichkeit des Urwaldes erträglich zu machen.

So saßen sie an einem der Winterabende, während draußen der See schon allmählich zu erstarren begann, gar traulich beisammen; Kurt erzählte seinen Freunden von den Wundern Afrikas und als er geendet, erinnerte er Vater Günther, dass ihm dieser unlängst bei einem Jagdausfluge versprochen habe, ihn über die Ursachen der großen Katastrophe, welche das alte deutsche Reich getroffen und seine fast zweitausendjährige Kultur zerstört hatte, aufzuklären. Der Alte nickte mit ernster Miene, nahm den qualmenden Kienspan aus der Mauerfuge und verließ schweigend das Gemach. Nach einigen Minuten kehrte er zurück und legte ein in Leder gebundenes Buch auf den Tisch, welches jenen dumpfen modrigen Geruch verbreitete, der alten Schriftwerken eigen ist. Voll brennender Neugier schaute Kurt auf das Buch, das ihm Aufschluss geben sollte über eine in Dunkel gehüllte Geschichtsepoche.

»Diese Schrift hat mein Urahne niedergeschrieben, als er vor vielen Hundert Jahren aus seiner Heimat in Thüringen an die Gestade dieses

Sees flüchtete«, sprach der Alte mit einer gewissen Feierlichkeit, »es ist eine traurige Geschichte voll Blut und Tränen, die dir Aufschluss geben wird, wie ein großes blühendes Reich durch den Unverstand der Menschen in eine Wildnis verwandelt wurde. Wir haben das Buch aufbewahrt wie ein Heiligtum und kein menschliches Auge, außer den unsrigen, hat noch darauf geruht. Waltraut soll es uns vorlesen, denn meine Augen taugen nicht mehr zu solchem Geschäft und dir sind die krausen Schriftzüge der Vorzeit nicht geläufig.« Neue Kienspäne wurden in Brand gesetzt, Waltraut nahm das Buch und begann.

6. Kapitel

Deutschland am Ende des neunzehnten Jahrhunderts – Sozialdemokratische Zukunftsbilder und ihre Folgen – Der Staatsstreich des Jahres 1900 – Untergang der Sozialdemokratie

Eine wilde schreckliche Zeit liegt hinter mir. Ich bin Zeuge von Ereignissen gewesen, an die ich noch jetzt, wo seitdem schon Jahre verflossen sind, nur mit Schaudern zurückdenken kann. Alles Bestehende habe ich zusammenbrechen sehen, ein mächtiges Reich in Trümmer fallen und die Menschen sich zerfleischen wie wilde Tiere. Mit Entsetzen habe ich erkannt, dass es kein Zufall war, der all den Jammer über mein armes Vaterland brachte; eigenes Verschulden der verblendeten Menschheit hat das Geschick heraufbeschworen, dem nun alles, was Jahrhunderte geschaffen, zum Opfer gefallen ist. Rechtzeitige Erkenntnis, gepaart mit ein wenig gutem Willen, hätte uns vor dem Abgrunde bewahren können. Aber es war, als seien alle mit Blindheit geschlagen. In der unersättlichen Gier nach Reichtum taumelten die Menschen vorwärts, der Warnungsrufe nicht achtend, immer dem Ende zu, das auch mit Schrecken gekommen ist, just als sie es am weitesten entfernt glaubten. Ich habe die Aufzeichnungen, die ich in der schrecklichsten Zeit meines Lebens machte, gesammelt, in der Erwartung, dass einst kommende Geschlechter eine Lehre aus denselben ziehen werden. Die Ereignisse, welche dem allgemeinen Zusammenbruch vorausgingen und die ich nur teilweise selbst erlebte, stelle ich in Kürze an die Spitze meiner Aufzeichnungen. Und somit beginne ich:

Gegen Ende des neunzehnten Jahrhunderts war Deutschland das mächtigste Reich der Welt. Unzählige reiche blühende Städte und freundliche Dörfer bedeckten seinen Boden; sein Heer und seine Flotte war bewundert und gefürchtet, deutsche Kunst und Wissenschaft galten der übrigen Welt als glänzende Vorbilder, und was deutsche Arbeit in rastlosem Wetteifer schuf, ging als vielbegehrte Ware hinaus bis in die fernsten überseeischen Länder. Auf dem Kaiserthrone saß ein junger tatkräftiger Herrscher, der es mit kluger Mäßigung verstand, die ungeheuere ihm zu Gebote stehende Macht nur zur Wahrung des Friedens in die Waagschale zu werfen und eine Schar blühender Söhne schien ihm auf unabsehbare Zeit hinaus Glück und Bestand seines Hauses zu verbürgen.

Wohl fehlte es nicht an dunklem drohendem Gewölke, das von Zeit zu Zeit emporstieg, aber stets verstand es die Kunst der Staatsmänner, die Gefahren, welche von rachsüchtigen oder neidischen Nachbarn drohten, wieder zu beschwören; der Respekt vor der großartigen Wehrkraft Deutschlands und seiner Verbündeten tat aber stets das Meiste zur Erhaltung des Friedens. Für weit bedenklicher indessen hielt man die Gefahr, welche dem Reiche von innen drohte.

Zur Erläuterung dessen muss ich auf eine noch weiter abliegende Zeit zurückgreifen. Im Verlaufe des neunzehnten Jahrhunderts hatte sich die Industrie zu einer noch nie vorher erreichten Höhe aufgeschwungen. Anstelle der kleinen Handwerksbetriebe des Mittelalters war zuerst die Manufaktur getreten, d. h. jene Gattung von Großbetrieben, in welcher jeder Arbeiter jahraus, jahrein nur einen ganz bestimmten Teil eines Produktes herstellte, in denen also eine weitgehende Arbeitsteilung herrschte, die Geschicklichkeit des Arbeiters aber immer noch ausschlaggebend war für die Beschaffenheit des fertigen Produktes. Ein großer Teil der einst selbstständigen Handwerker war schon damals zu Lohnarbeitern geworden, deren Existenz von den Fabrikanten abhängig war; in ganz rapider Weise aber begann sich dieser Umwandlungsprozess zu vollziehen, nachdem der Fortschritt in den Naturwissenschaften zu der Erfindung zahlloser Arten von Maschinen geführt hatte, welche die Herstellung der Produkte ganz unabhängig machten von der Tüchtigkeit des Arbeiters und mit ungeheuren Massen Waren aller Art den Weltmarkt überschwemmten. Die Zahl der besitzlosen Lohnarbeiter schwoll zu einer solchen Höhe an, dass ihr gegenüber diejenige der Besitzenden fast verschwand, und diese Masse wurde noch fortwährend vermehrt durch solche Handwerker, welche den Wettkampf mit der im Großen arbeitenden Industrie nicht auszuhalten vermochten und ihre Selbstständigkeit verloren. Auf der einen Seite standen also die Besitzenden, ein kleiner Bruchteil der Gesamtheit, welcher allen Grund und Boden, alle Rohstoffe, Gebäude, Maschinen sein Eigen nannte, und deshalb den Nutzen der gesamten Arbeitstätigkeit und aller menschlichen Erfindungen einheimste, während auf der anderen Seite die ungeheure Masse der Besitzlosen stand, denen nichts geblieben war, als ihre Arbeitskraft, von deren Verkauf sie ihr Leben fristete. Je mehr sich aber das Maschinenwesen vervollkommnete, desto krasser gestaltete sich dieses Missverhältnis. Die Arbeit an den Maschinen vereinfachte sich derart, dass ein Weib oder schließlich ein Kind genügte, um das zu verrichten, was ehedem die Tätigkeit von zwanzig Männern erheischt hatte. Die Fabrikanten entließen also ihre Arbeiter und behalfen sich mit Frauen- und Kinderarbeit, die ihnen weit billiger kam. Dadurch entstand nicht nur ein Heer von Arbeitslosen, die meistens bis zur tiefsten Stufe menschlichen Elends herabsanken, sondern es wurde auch der Lohn der noch in Arbeit befindlichen Männer auf ein Minimum herabgedrückt, sodass diese Unglücklichen auch bei angestrengtester Arbeit von früh bis in die Nacht nicht mehr imstande waren, sich und die Ihrigen mit den notwendigsten Lebensbedürfnissen zu versorgen. Diese Zustände hatten aber noch anderes im Gefolge. Die Arbeiterfamilie löste sich gänzlich auf in dem Augenblicke, als die Frau ihrem häuslichen Wirkungskreise entzogen und in die Fabrik versetzt wurde; der Schulbesuch der Arbeiterkinder wurde vernachlässigt, Wohnung und Kost der Proletarier sank zu einer menschenunwürdigen Stufe herab und die Prostitution begann in erschreckender Weise um sich zu greifen.

Waren diese schreienden Übelstände schon fühlbar in solchen Zeiten, in denen die Industrie in Flor stand und es an Arbeit meistens nicht fehlte, so wurden sie noch weit fühlbarer, sobald, infolge der allzu eifrigen Produktion, die Preise der Waren sanken, der Handel stockte und zahlreiche Fabriken den Betrieb einstellten. Das Heer der Arbeitslosen, der ohne Nahrung und Obdach Umherirrenden, wuchs dann lawinenartig an und schreckliche Leiden kamen über die Arbeiterbevölkerung.

Aber auch die Besitzenden waren in solchen Zeiten nicht auf Rosen gebettet. Das verwickelte Getriebe der ganzen Wirtschaftsmethode, in welcher die Konkurrenz die einzige Triebfeder war, stellte einen überaus empfindlichen Mechanismus dar. Ein geringfügiges Ereignis konnte genügen, um unzählige Existenzen zu vernichten; niemand, auch der Reichste nicht, durfte sicher sein, dass ihn der nächste Tag nicht in die Reihen der Besitzlosen hinabschleudern werde. Seit Mitte des neunzehnten Jahrhunderts machte sich nun in den Arbeiterkreisen eine Bewegung bemerkbar, welche auf eine Umwandlung dieser wahnsinnigen Produktionsweise in eine vernünftigere abzielte. Man erkannte in dem Umstande, dass sich alle Behelfe zur Erzeugung von Produkten, d. h. Grund und Boden, Maschinen, Werkzeuge, Rohstoffe etc., im Privatbesitz Einzelner befanden, somit die große Mehrheit der Bevölkerung von diesen Produktionsmitteln getrennt war, die Grundursache der verderblichen Wirtschaft. Das Heil aller, so lautete die Parole, liege darin, dass an die Stelle des Privatbesitzes an den Produktionsmitteln, der Allgemeinbesitz trete. Die Partei, welche dieses Ziel anstrebte, nannte man die sozialistische, oder sozialdemokratische und ihre Anhänger waren vonseite des Staates und der besitzenden Klassen allerhand Bedrückungen und Gewaltmaßregeln ausgesetzt. Die soziale Frage aber, deren Lösung sie auf ihre Fahne geschrieben hatte, war nachgerade die brennendste von allen geworden; sie beschäftigte alle Gemüter, hielt die Parlamente in Atem, setzte Tausende von Federn in Bewegung und bemächtigte sich aller Gebiete des öffentlichen Lebens. Wie hundert Jahre früher der Bürgerstand um seine Erlösung aus den Fesseln des Absolutismus gekämpft hatte, so suchte jetzt die große Masse des Proletariats nicht allein sich selbst, sondern die ganze Welt zu erlösen von einer täglich ungesunder werdenden Produktionsweise, von einer wirtschaftlichen Knechtschaft, deren Druck zwar am empfindlichsten auf den untersten Volksschichten ruhte, welche aber auch den oberen Ständen in immer unangenehmerer Weise fühlbar wurde. Die Sozialdemokratie hatte in der zweiten Hälfte des neunzehnten Jahrhunderts aus bescheidenen Anfängen, trotz aller Hindernisse, welche ihr der Staat in den Weg legte, eine großartige Organisation geschaffen, welche sich über die ganze zivilisierte Welt erstreckte und Millionen begeisterter Anhänger in ihren Reihen zählte. Diese ungeheure, ein und derselben Parole folgende Masse verhielt sich indessen durchaus streng in den

Grenzen der bestehenden Gesetze. Aber mit unverwüstlicher Zähigkeit strebte sie unausgesetzt danach, politische Rechte zu erringen, wo ihr dieselben versagt waren, oder ihre Wünsche und Beschwerden in den gesetzgebenden Körpern zur Geltung zu bringen, dort wo sie Vertreter in die Parlamente entsenden durfte. Nicht zufrieden damit, unablässig an der materiellen Hebung des Arbeiterstandes zu wirken, bestrebte sie sich auch, stets eingedenk des Wortes: »Bildung ist Macht«, das geistige Niveau ihrer Anhänger zu heben und dies war ihr mit Hilfe unzähliger Vereine, Bibliotheken, Zeitschriften, Flugblätter usw. bereits am Ausgange des neunzehnten Jahrhunderts so gut gelungen, dass das durchschnittliche Bildungsniveau der Arbeiter dasjenige der Kleinbürgerschaft merklich überstieg und dass sie imstande waren, aus ihren Reihen Schriftsteller, Journalisten und Redner auf den politischen Kampfplatz zu schicken, welche den Geisteskoryphäen der Bürgerschaft, des Adels und der Geistlichkeit nichts nachgaben. Mit ungeheurer Kraftanstrengung und eiserner Energie hob sich die Arbeiterschaft aus tiefstem Elende zu einer geistigen und sittlichen Höhe empor, welche sie befähigen musste, in jenem Momente als zielbewusste, politisch reife Macht aufzutreten, in welchem die Zügel den schlaffen Händen der besitzenden Klassen entfallen würden. *Je tüchtiger und reifer die Arbeiterschaft in diesem Augenblicke war, desto leichter und schmerzloser musste sich die unvermeidliche Umwälzung vollziehen.*

Fast alle Staaten der zivilisierten Welt sahen sich wohl oder übel durch die immer gewaltiger anschwellende Bewegung genötigt, ihr Augenmerk den sozialen Missständen zuzuwenden, was sie bisher gänzlich verabsäumt hatten. Man versuchte von Staats wegen das oft überaus traurige Los der arbeitenden Klassen zu bessern; man gründete Krankenkassen, Unfalls- und Altersversicherungskassen für die Arbeiter, man stellte Gewerbeinspektoren an, welche die Tätigkeit in den Fabriken und anderen Gewerben überwachen und Missbräuche abstellen sollten, man baute Arbeiterhäuser, Volksküchen usw., aber man verfuhr dabei in den meisten Fällen mit einer so pedantischen Engherzigkeit, dass der Nutzen aller dieser Anstalten ein sehr mäßiger blieb und die berechtigten Forderungen der Arbeiter dadurch nicht befriedigt wurden. Gleichwohl schien es zu jener Zeit, als sollte sich die Umwälzung in der wirtschaftlichen Produktionsweise, welche von der Sozialdemokratie angestrebt wurde, auf friedlichem Wege und sehr langsam vollziehen, denn einerseits wurde die kapitalistische Gesellschaft durch die Macht der Verhältnisse immer mehr und mehr in eine Bahn gedrängt, auf der ihre Umgestaltung nach dem Sinne der Sozialdemokratie nur noch eine Frage der Zeit sein musste, und andererseits wäre eine gewaltsame Auflehnung gegen die furchtbaren Machtmittel des Staates heller Wahnsinn gewesen, eine Erkenntnis, welcher sich selbst die radikalsten Führer der sozialen Bewegung nicht verschließen konnten.

So standen die Dinge zu Beginn des letzten Dezenniums im neunzehnten Jahrhundert, als ein unvorhergesehenes Ereignis die friedliche Entwicklung der Gesellschaftsreform für unabsehbare Zeit verhinderte.

Im Jahre 1892 erschien in der Hauptstadt des deutschen Reiches ein Büchlein, welches ungeheueres Aufsehen machte und in Hunderttausenden von Exemplaren verbreitet wurde. Der Titel dieses verhängnisvollen Büchleins war: »Sozialdemokratische Zukunftsbilder«, der Verfasser: einer der ersten Redner des Parlaments, Eugen Richter, welcher an der Spitze der sogenannten freisinnigen Partei stand und ein erbitterter Feind der Sozialdemokratie war. In diesem Buche schilderte er mit glühender Fantasie die Schreckensbilder, denen Deutschland entgegengehen werde, falls es jemals der Sozialdemokratie gelingen sollte, ihre Pläne zur praktischen Ausführung zu bringen, d. h. den sozialen Staat anstelle des kapitalistischen ins Leben zu rufen. Mit gieriger Hast wurden die in den düstersten Farben gehaltenen Schilderungen vom deutschen Publikum verschlungen; die Wirkung war eine ungeheure. Mit *einem* Schlage war der ganze erschreckliche Abgrund, dem das Vaterland entgegentaumelte, vor den bestürzten Blicken enthüllt; Tausende und Abertausende, von Entsetzen übermannt, für ihre eigene, wie für die Existenz ihrer Familien zitternd, verlangten ungestüm Hilfe und Rettung von der Allmacht des Staates. Der Kaiser schwankte; noch konnte er sich nicht entschließen, zu dem früher oft angewendeten Mittel gewaltsamer Unterdrückung zu greifen.

Da kamen die Reichstagswahlen von 1895, und die sozialdemokratische Fraktion, bisher sechsunddreißig Mitglieder zählend, wuchs auf fünfzig an; es kamen die Wahlen des Jahres 1900 und mit *einem* Schlage ward die Sozialdemokratie zur mächtigsten Partei des Parlamentes, in dem sie nicht weniger als neunzig Mandate ihr Eigen nannte, während die sogenannten Ordnungsparteien, in zahllose Fraktionen und Fraktiönchen gespalten, dieser ehernen Phalanx gegenüber in ohnmächtiger Verwirrung dastanden. Ein Todesschrecken erfasste die ganze Bourgeoisie, den Geld- und Geburtsadel, die Geistlichkeit aller Konfessionen und nicht zum Mindesten den Kaiserhof selbst. Es schien, als stünde das Jüngste Gericht vor den Toren, und der Ruf nach Hilfe vor dem drohenden Untergange wurde lauter und eindringlicher als je. Noch stand ja der Regierung die große, herrliche, in hundert Schlachten und Gefechten siegreich gewesene Armee zur Verfügung, auf die man sich fest verlassen konnte, wenn es galt, die schwer bedrohte Gesellschaftsordnung zu retten. Die Regierung, von allen Seiten bestürmt, zögerte nun auch nicht mehr länger, energische Maßregeln zu ergreifen.

Am Morgen des 10. April 1900 prangten an allen Straßenecken Berlins große Zettel, welche die Auflösung des Reichstages und die Abschaffung des allgemeinen Wahlrechtes für die neu auszuschreibenden Reichstagswahlen ankündigten. Zugleich erfuhr man, dass sämtliche sozialistische Abgeordnete beim ersten Morgengrauen durch starke Abteilungen von Militär und Schutzleuten aus ihren Wohnungen abgeholt und in geschlossenen Wagen unter Kavallerieeskorte nach Spandau transportiert worden wären.

Die erste Wirkung war die eines lähmenden Schreckens, welcher das Volk in der Hauptstadt urplötzlich ergriffen zu haben schien. Anfänglich blieb alles ruhig, aber die Straßen im Zentrum der Stadt füllten sich von Stunde zu Stunde immer mehr mit den von den Vorstädten hereinströmenden Volksscharen. Alle Geschäfte, alle Fabriken stellten ihre Tätigkeit ein, und die dort beschäftigten Arbeiter vergrößerten die durch die Straßen wogenden Massen. Aber auf dieser ganzen ungeheueren Menge lastete ein dumpfes Schweigen; nur flüsternd ward die Kunde von dem, was geschehen, von Mund zu Mund getragen; man ahnte, dass Schreckliches folgen werde, aber niemand hatte den Mut, das Losungswort zu geben. So wurde es Mittag; mit klingendem Spiele kam, wie alltäglich, die Wache zur Ablösung der Posten am Schlosse und den anderen öffentlichen Gebäuden dahergezogen. Die Menge stand unbeweglich wie eine Mauer, und wie das Grollen der See, wenn der erste Windstoß über sie hinfährt, so begann beim Anblick des Militärs ein dumpfes Murren und Brausen in der hunderttausendköpfigen Masse. Erst der Versuch, diese lebendige Mauer mit Gewalt zu durchbrechen, brachte Bewegung in dieselbe. Zwei Minuten später war die Abteilung Soldaten über den Haufen gerannt, entwaffnet, wer sich zur Wehr setzte, niedergemacht; das erste Blut war geflossen und der Anblick desselben berauschte das Volk. Der Aufruhr hatte begonnen! Aus den Riesengebäuden der Kasernen ergossen sich die bereit gehaltenen Regimenter in die Straßen und verteilten sich nach dem schon vorher festgestellten Plane, während aus den Nachbarstädten bereits Zug auf Zug, vollgepfropft mit Truppen, zur Hilfe herbeisauste. Fünf Tage und Nächte lang wogte der Straßenkampf von einem Ende der Residenz bis zum anderen. Auch das Volk erhielt Verstärkung; Tausende von Bauern und Fabrikarbeitern zogen von allen Seiten zur Unterstützung herbei, aber das Ringen war, trotz allen Heldenmutes der Insurgenten, vom Anfang an durch die Überlegenheit der Waffen und der Disziplin zugunsten der Truppen entschieden. Auch die anderen blutigen Aufstände, welche an zahlreichen Orten des Reiches emporloderten, wurden bald niedergeschlagen; die letzten Scharen der Freiheitskämpfer flüchteten in die Wälder und Gebirge an der böhmischen Grenze und führten dort noch monatelang einen erbitterten Guerillakrieg gegen die sie verfolgenden Soldaten und Gendarmen.

Das Strafgericht, welches folgte, war schrecklich; die überall eingesetzten Kriegsgerichte verfuhren mit drakonischer Strenge, und bald lag die Ruhe des Friedhofes über dem aus tausend Wunden blutenden Vaterlande.

Einige Monate später trat der, nach dem neuen Wahlgesetze, dem ein engherziger Zensus zugrunde gelegt worden war, gewählte Reichstag zusammen. Natürlich war kein einziger Sozialdemokrat mehr in demselben zu erblicken. Was die Waffen begonnen, sollte nun die Gesetzgebung vollenden: die gänzliche Niederwerfung – nein! – Ausrottung der Sozialdemokratie. Alle »Ordnungsparteien« halfen bereitwilligst der Regierung bei diesem Werke. Sämtliche Arbeiterblätter wurden unterdrückt, die Arbeitervereine aufgelöst, jeder politisch Verdächtige festgenommen. In letzterer Beziehung gingen übereifrige Polizeiorgane sogar so weit, dass Herr Eugen Richter, am nämlichen Tage, an welchem der Reichstag den Regierungsantrag einstimmig annahm, Herrn Richter wegen seiner Verdienste um die Vernichtung der Sozialdemokratie bei Lebzeiten schon ein Denkmal zu setzen, – dass Herr Eugen Richter am nämlichen Tage bei einem Haare auf den Schub gekommen wäre. Gleichzeitig ging man auch daran, den Arbeitern durch Erschwerung ihrer Existenz den »Brotkorb«, wie man sich ausdrückte, höher zu hängen. Hunger und Elend sollte die gefährliche Masse mürbe machen. Zuerst wurden sämtliche Gewerbeinspektorate abgeschafft, die Bestände der Krankenkassen, Unfallversicherungs-, Invaliditäts- und Altersversicherungskassen eingezogen und zur Gutmachung jenes Schadens verwendet, den der Aufstand verursacht hatte.

Den Arbeitgebern wurde vollständig freie Hand gelassen in Bezug auf Verwendung weiblicher und jugendlicher Arbeiter, sowie schulpflichtiger Kinder; die Beschränkungen der Arbeitszeit, sowohl bei Tage, wie bei Nacht, wurden aufgehoben – mit einem Worte: Alles, was vor dem großen Aufstande an Schutzmaßregeln zugunsten der Arbeiter und *aus Furcht vor der Sozialdemokratie* geschaffen worden war, wurde rückgängig gemacht.

Zu Anfang des Jahres 1901 war das große Werk getan: *Die Sozialdemokratie hatte aufgehört zu existieren, der ruhigen Entwicklung der kapitalistisch organisierten Gesellschaft stand nichts mehr im Wege*, denn auch in allen übrigen zivilisierten Staaten hatten sich ähnliche Vorgänge abgespielt. Zum ersten Male seit langen, langen Jahren atmete der friedliche Bürger wieder beruhigt auf. Herr Eugen Richter aber stand auf dem Gipfel einer Popularität, gegen welche selbst die seines einstigen Feindes Bismarck verblasste.

7. Kapitel

Die weitere Entwicklung der kapitalistischen Gesellschaftsordnung – Arbeiter und Bauern im Jahre 1970 – Die oberen Zehntausend im 20. Jahrhundert – Krisen und Kartelle – Die letzte Aktiengesellschaft – Bellamys Prophezeiung – Was Herr Eugen Richter gesät hat

Die Lage der arbeitenden Klassen begann nun eine unsagbar traurige zu werden. Die Fabrikanten, durch keine Rücksicht mehr gebunden, erniedrigten die Löhne weit unter das bisherige Niveau, erhöhten aber andererseits die Arbeitszeit bis zur äußersten Grenze. In rücksichtslosester Weise nutzten sie vornehmlich die Arbeitskraft der Frauen und Kinder aus; vom zartesten Alter angefangen, wurden die Kinder in die

Fabriken getrieben, die ihnen weder zum Spiele noch zur Schule Zeit übrig ließen; die Wöchnerinnen, kaum dass sie entbunden hatten, schleppten sich wieder zur Maschine heran. Während die Arbeitszeit der Frauen und Kinder beständig anwuchs, lungerten große Scharen arbeitsloser Männer auf den Straßen umher, bereit, für den geringsten Entgelt jede beliebige Arbeit zu übernehmen. Von einem eigenen Herde, von einem Familienleben wusste der Arbeiter nichts mehr; die jämmerlichen, schmutzstarrenden Löcher, in denen er mit Weib und Kindern und »Schlafgängern«, wie die Heringe zusammengepfercht, seine Nächte verbrachte, verdienten den Namen menschlicher Wohnungen nicht. Seine Nahrung war gänzlich unzureichend, einem menschlichen Körper die nötigste Kraft, die er verausgabt, wieder zu ersetzen; seine Kleidung bestand in Lumpen; er kannte nicht die Wohltat eines erfrischenden Bades, eines Spazierganges in Wald oder Feld, er wusste nichts von Unterhaltung oder Zerstreuung, er bekam nie mehr ein Buch oder eine Zeitung in die Hand; *wenn er Arbeit hatte, so war er ein Sklave, bekam er keine, so wurde er zum Vagabunden.* Als die ersten Dezennien des zwanzigsten Jahrhunderts vollendet waren, war allerorten eine Arbeitergeneration herangewachsen, welche derjenigen vor dem großen Aufstande in keiner Beziehung mehr glich. Der Arbeiter von 1890 war, der großen Mehrzahl nach, intelligent, wissbegierig, belesen und in körperlicher Beziehung ziemlich gesund und kräftig; im Jahre 1930 war die Arbeiterschaft im Großen und Ganzen bereits sowohl körperlich als geistig tief gesunken. Die schwächlichen strapazierten Frauen hatten noch schwächlichere, ungesunde Kinder zur Welt gebracht, die beinahe ohne Pflege und ohne Unterricht aufwuchsen, schon frühzeitig bei endloser einförmiger Arbeit in den Fabriken verblödeten und die Keime unheilbarer Krankheiten einsogen.

Der Durchschnittsarbeiter von 1930 war ein schwaches, engbrüstiges, schwindsüchtiges Individuum, das mit eingefallenen Wangen und schlotternden Knien zur Arbeit wankte und seine wenigen Freistunden in dumpfem, apathischem Brüten verbrachte. Der Proletarier von 1970 aber, zu einer Zeit wo der menschliche Erfindungsgeist die herrlichsten Triumphe gefeiert und Wunderwerke der Technik vollendet hatte, der Proletarier von 1970 war ein Geschöpf, das Mitleid und Entsetzen gleichzeitig einflößte. Einen entsetzlichen Umfang hatte insbesondere die Prostitution angenommen. Die Löhne der Arbeiterinnen waren so

niedrig, dass sie, um leben zu können, direkt auf die Prostitution ange-
wiesen waren. Die Fabrikanten rechneten von vornherein darauf, dass
die Frauen und Töchter der Arbeiter den Ausfall in ihren Einnahmen
durch Verkauf ihres Körpers decken würden, aber die Scharen dieser
Unglücklichen waren nur ein Bruchteil des ungeheuren Heeres jener,
welche sich gänzlich dem Schandgewerbe ergeben hatten. Zu Tausenden
füllten diese Geschöpfe die Straßen der Vorstädte, und auch die uner-
bittlichste Polizeistrenge vermochte sie nicht ganz aus den eleganten
Vierteln zu verdrängen.

Gänzlich hoffnungslos war auch die Lage des Kleingewerbes, insoweit
überhaupt von einem solchen noch gesprochen werden konnte. Durch
das rapide Anwachsen der Großindustrie war schon früher das Klein-
gewerbe arg geschädigt worden; seine Lage war aber damals noch
glänzend zu nennen im Vergleiche mit dem jetzigen Zustande. Eine
andere Arbeit, als wenig lohnende Reparaturen, gab es überhaupt nicht
mehr für den kleinen »selbstständigen« Meister. Mitte des zwanzigsten
Jahrhunderts war z. B. ein Schustermeister, der die Anfertigung eines
Paares Stiefel in Auftrag erhielt und diesen Auftrag auch auszuführen
verstand, oder ein Schneidermeister, der einen Anzug von A bis Z
herzustellen wusste, eine Seltenheit. Um 1970 waren die meisten
Handwerksfertigkeiten vollständig verloren gegangen; nur so weit, als
es im Dienste der Großindustrie und bei einer weitgehenden Arbeitsteilung nötig war, hatten sich diese Fertigkeiten erhalten. Es gab wohl
Arbeiter, welche mit Hobelmaschinen umzugehen wussten, und solche,
welche mit Maschinenhilfe täglich ein paar Hundert Stuhlbeine anzu-
fertigen verstanden; es gab aber keine Tischler mehr, welche ganz
selbstständig, nur mit dem Handwerkszeug des neunzehnten Jahrhunderts ausgerüstet, einen Stuhl, einen Tisch oder einen Schrank anzufer-
tigen fähig gewesen wären. Der Bildungsgrad der noch übrigen Klein-
meister war der denkbar niedrigste. Ihre Lage war so hoffnungslos und
der Kampf ums Dasein, den sie zu führen hatten, ein so harter, dass
ihnen schon längst jeder Trieb zur Weiterbildung, zur Vermehrung
ihrer spärlichen Kenntnisse abhandengekommen war. Sie waren einfach
nichts als Proletarier, welche von den Abfällen der Großindustrie lebten,
ohne Urteilskraft, ohne Energie, ewig jammernd, ewig schimpfend,
aber nicht imstande, ihre klägliche Situation auch nur um Haaresbreite
zu verbessern. Was die Lage der Landbevölkerung anbetrifft, so war

dieselbe nicht viel besser. Schon in den letzten Dezennien des neunzehnten Jahrhunderts war die Position der Bauern, die ihre Selbstständigkeit bewahrt hatten, eine sehr ungünstige. Die Bewirtschaftung ihrer mit Hypotheken überbürdeten Güter wurde immer schwieriger und immer weniger nutzbringend. Der Großgrundbesitz, der immer mehr Land an sich riss, die Großindustrie, welche immer mehr Fabriken errichtete und der Staat, welcher immer mehr Soldaten benötigte, nahm ihnen ihre eingeschulten Arbeitskräfte und gab ihnen dafür im besten Falle ausgemergelte Fabrikarbeiter zurück, deren Körperkräfte durch langes Elend so herabgekommen waren, dass sie zur Feldarbeit nichts mehr taugten. Der Kleinbauer wurde mehr und mehr abhängig von dem Großgrundbesitzer, mit dem er schon deswegen nicht konkurrieren konnte, weil derselbe weit billiger produzierte, und seinen Boden weit ertragsfähiger zu machen verstand. Wenn der Bauer nach Begleichung der Zinsen und Steuern noch so viel übrig behielt, dass er nicht gerade mit den Seinigen Hunger zu leiden und dass er die nächste Aussaat erübrigt hatte, so pries er sich schon glücklich. Die Fälle aber, in denen Hof und Feld solcher Kleinbauern zwangsweise versteigert und zu niedrigsten Preisen von den nächsten Großgrundbesitzern erworben wurden, mehrten sich von Jahr zu Jahr. Die neuen Besitzer, welche meistenteils große Jagdfreunde waren, brachen oft die verlassenen Höfe ab und schlugen den urbaren Grund zu ihrem Jagdgebiete. Auf diese Weise verschwanden alljährlich nicht allein Hunderte von Einzelgehöften, sondern hie und da auch ganze Dorfschaften, von denen nicht einmal ein Mauerrest übrig blieb. Die früheren Besitzer, aller Mittel entblößt, mussten sich entweder mit Weib und Kind dem Großgrundbesitzer als Lohnarbeiter verdingen, oder in die nächste Fabrik wandern, und glücklich sein, wenn sie dort Arbeit fanden. Aus den freien Bauern waren Fabriksproletarier geworden. Viele Bauerngüter wurden auch von Spekulanten angekauft, welche dieselben parzellierten und kleinweise an den Mann brachten. Durch diesen Prozess wurde ein Heer von Kleinhäuslern geschaffen, deren Grundbesitz wieder nicht imstande war, sie zu ernähren. Wenn diese Leute unter Entbehrungen der schlimmsten Art sich noch ein paar Jahre über Wasser erhielten, einmal kam doch unfehlbar die Stunde, welche ihnen ihr Besitztum entriss und sie zu den Übrigen in den Abgrund warf. Es wäre schwer zu entscheiden gewesen, wessen Elend größer war: das der Lohnarbeiter in den Fabriken, oder das der Tagelöhner auf den Gütern. Die Arbeitszeit der Letzteren war eine schier unbegrenzte: Von Sonnenauf- bis Untergang, d. h. im Sommer von 4 Uhr früh bis 9 Uhr abends, und wenn der oft stundenlange Weg zum Arbeitsplatz und zurück mitgerechnet wird, so war eine Arbeitszeit von halb drei Uhr morgens bis halb elf Uhr nachts keine Seltenheit. Die Wohnungen der Landarbeiter standen an Komfort und Sauberkeit den Ställen der Gutsbesitzer weitaus nach; die Löhne waren gerade genügend, um das Lebenslicht vor dem Erlöschen zu bewahren und die Kost bestand demnach jahraus, jahrein aus Kartoffeln, Kraut und dünnem Zichorienkaffee. Gleichwohl widerstand diese Klasse von Lohnarbeitern der allgemeinen Degeneration ziemlich lange, was wohl seinen Grund in dem täglichen Aufenthalt in frischer, gesunder Luft haben mochte. In der zweiten Hälfte des zwanzigsten Jahrhunderts waren aber auch die Landarbeiter körperlich und geistig so tief gesunken, dass sie kaum mehr tiefer sinken konnten.

Neunzig Prozent der Bevölkerung befand sich um das Jahr 1970 in einem Zustande, der auf das Krasseste abstach von dem Leben, das die übrigen zehn Prozent führten. Dieser Rest oder vielmehr diese dünne Schicht, welche auf der Oberfläche des allgemeinen Elends schwamm, setzte sich zum überwiegenden Teile aus Großindustriellen und Großgrundbesitzern zusammen. Hierzu kamen die Vertreter des Großhandels, der hohen Finanz, welche indessen meistens auch zu den beiden erstgenannten Klassen zählten, das Heer der Beamten und Offiziere, einige wenige auserlesene Künstler, Gelehrte, Schriftsteller und Techniker und endlich eine an Zahl und Bedeutung arg zusammengeschmolzene und noch immer rapid abnehmende »wohlhabende« Bürgerschaft. Die Geschichte der »oberen Zehntausend«, vom Ende des neunzehnten Jahrhunderts an, zeigt ebenso einen Degenerierungsprozess, wie die Geschichte des unglücklichen Proletariats in jener Zeit. Während namenloses Elend den an Zahl größten Teil der Bevölkerung zu Boden drückte, erlag der andere Teil an der Last des Reichtums, der sich auf seinen Schultern angehäuft hatte. Er verlor dabei alles, was seine Vorfahren einst auszeichnete: Mannesmut, Charakterfestigkeit, Überzeugungstreue und nicht zum Mindesten die Ehrlichkeit. Schon im ersten Viertel des zwanzigsten Jahrhunderts war der Byzantinismus auf eine geradezu schwindelnde Höhe gestiegen. Der Spucknapf eines Hoflakeien war ein Gegenstand der Verehrung geworden. Die Presse brachte

spaltenlange Berichte, wenn das Schoßhündchen der Frau Obersthof-
meisterin sich erkältet hatte, aber sie ignorierte es gänzlich, wenn
Scharen von Arbeiterkindern am Hungertyphus dahinsiechten. Im
engsten Zusammenhange mit diesen Erbärmlichkeiten stand ein auf
allen Gebieten sich vordrängendes, widerwärtiges Strebertum, das in
der Wahl seiner Mittel nichts weniger als wählerisch war und wenn es
nicht anders ging, auch auf dem Wege der Denunziation oder in sonst
verächtlicher Weise vorwärts zu kommen trachtete.

Kunst und Literatur kannten keine andere Aufgabe mehr, als die
Verherrlichung und Verewigung aller jener Vorfälle, welche sich in
der Atmosphäre eines Fürstenhofes abspielten. Die Gegenwart eines
gekrönten Hauptes bei irgendeiner öffentlichen Feierlichkeit war genügend, um diesen Moment zum Gegenstande unzähliger Darstellungen
durch Feder, Pinsel und Meißel zu machen. Die Journalisten wurden
nicht müde, das betreffende Ereignis bis ins allerkleinste Detail zu
schildern. Die Dichter besangen es in begeisterten Hymnen, die Maler
opferten Leinwandstücke von der Größe eines Fregattensegels und
unzählige Kilo Farbe, um den erhebenden Moment der Nachwelt zu
überliefern und den Bildhauern war kein Marmorblock zu diesem
Zwecke groß und rein genug.

Von den Leiden des Volkes wusste aber die Kunst nichts; sie ver-
schmähte es, in die Tiefen des menschlichen Lebens hinabzusteigen
und betrachtete es lediglich als ihre Aufgabe, diejenigen zu glorifizieren,
die sie am besten bezahlten.

Der Luxus hatte eine exorbitante Höhe erreicht. Die, welche sich
zur »Gesellschaft« zählten, hatten kein Verständnis mehr für den Begriff
»Arbeit«. Die Leitung der Fabriken überließen sie ihren Direktoren
und Ingenieuren, den Betrieb auf den Gütern ihren Verwaltern und
Förstern; sie selbst hatten kein Ziel und keinen Zweck mehr, als das
Geld zu vergeuden, was dort verdient wurde. Die Einrichtung der Paläste, die Marställe, die Mätressen, die Gastmähler und allerhand Feste
verschlangen Unsummen. Für ein einziges Frühstück gab man mehr
aus, als zehn Arbeiterfamilien ein ganzes Jahr lang zum Leben
brauchten. Diese kolossalen Summen kamen aber nicht der breiten
Masse des Volkes, sondern stets nur wenigen Großunternehmern zu-
gute, welche ihrerseits ebenfalls Reichtum auf Reichtum häuften, während die eigentlichen Erzeuger aller Produkte im Elend verkamen. Bar

jeder idealen Regung, war die besitzende Klasse vom krassesten Materialismus durchtränkt; das Geld war ihr Gott, der Genuss ihr einziger Lebenszweck, Kunst und Wissenschaft von ihnen zu käuflichen Dirnen degradiert worden. Dem Gewinne jagte alles mit rastloser Gier nach; unablässig die Augen auf das blinkende Ziel gerichtet, kümmerte man sich wenig um die Existenzen, welche man auf diesem Wege zertrat, war man nichts weniger als wählerisch in der Auswahl der Mittel, welche zum Besitz führen sollten. Was Geld einbrachte, war in den Augen dieser Klasse moralisch, was nichts einbrachte, einfach Narrheit. Das ganze Leben war zu einem tollen Wirbeltanze um das goldene Kalb geworden; wer dabei zu Falle kam, nun, der fiel eben; die Übrigen rasten weiter und würdigten ihn nicht einmal eines Blickes mehr. Um sich zu bereichern, scheute man auch vor ungeheuerlichen Verbrechen nicht zurück, die nur selten eine Sühne vor dem Richter fanden; mit dem verbindlichsten Lächeln auf den Lippen betrog man sich gegenseitig um Millionen, trieb man einander zum Selbstmord, zum Wahnsinn.

Aber diese glänzende, innerlich angefaulte Welt war von Zeit zu Zeit, und zwar in immer kürzeren Zwischenräumen, furchtbaren Erschütterungen ausgesetzt, welche stets ungezählte Existenzen vom Gipfel des Reichtums ins tiefste Elend schleuderten. Niemand wusste, ob ihm nicht eine der nächsten, schnell aufeinander folgenden Handelskrisen das nämliche Schicksal bereiten werde.

Die fortwährend steigende Konkurrenz zwang unaufhörlich zu Verbesserungen an den Maschinen, zu Vereinfachungen der Produktionsprozesse, zur Vermehrung der Arbeitsstunden und Verringerung der Löhne. Die unausbleibliche Folge war Überproduktion, Sinken der Preise, Geschäftsstockung, Krise, auf welche dann eine leichte Erholung eintrat, der aber allsogleich eine neuerliche Krise auf dem Fuße folgte. Das Schlimmste war aber, dass, während die Produktion beständig anwuchs, die Konsumtion fortwährend im Sinken begriffen war. Kein Wunder, wenn man bedenkt, dass der bei Weitem größere Teil der Bevölkeru   1 Hungertuche nagen musste, und dass seine Kaufkraft beinahe   ch null war. Die Produktion arbeitete hauptsächlich für den   rt, aber da sich überall in allen Kulturstaaten dieselben Zust   eingestellt hatten, so wurde die Konkurrenz im Handel nach   seeischen Märkten immer schärfer und fühlbarer. Nachdem sich   1 Afrika eine blühende Industrie zu entwickeln begann, welche für die Bedürfnisse dieses Weltteiles bald in ausreichender Weise zu sorgen imstande war, verengte sich das Exportgebiet von Jahr zu Jahr immer mehr, während sich die Kulturbedürfnisse der exotischen Völkerschaften nicht in gleicher Weise steigerten.

Um der sinkenden Tendenz der Preise entgegenzutreten, hatten sich schon im neunzehnten Jahrhundert einzelne Großindustrielle, Aktiengesellschaften etc. zusammengetan, und Verabredungen getroffen, welche jeden dieser Produzenten verpflichteten, nicht unter einem bestimmten Preise zu verkaufen oder seine Waren so lange zurückzuhalten, bis eine Preissteigerung von bestimmter Höhe eingetreten sein werde. Diese Kartells nahmen im zwanzigsten Jahrhundert derart überhand, dass es bald keinen einzigen Verbrauchsartikel mehr gab, dessen Preis nicht in der angedeuteten Weise in die Höhe geschraubt werden konnte. Vorbedingung war, dass man zuerst die außer Kartell stehenden Konkurrenten zugrunde richtete oder aufkaufte und auf diese Weise konzentrierte sich die gesamte Produktion in immer weniger Händen, nahm der Reichtum dieser Wenigen immer kolossalere Dimensionen an. Im letzten Viertel des zwanzigsten Jahrhunderts gab es in Deutschland nur noch eine einzige Riesen-Aktiengesellschaft, welche alles produzierte, was überhaupt zu produzieren möglich war, und Teilnehmer dieses gigantischen Unternehmens waren lediglich zwölf Großkapitalisten, vielfache Milliardäre, in deren Besitz sich der gesamte Nationalreichtum konzentrierte.

Hundert Jahre früher hatte ein geistvoller, weitblickender Mann, der Amerikaner Bellamy, diesen Gang der Entwicklung vorausgesehen und prophezeit, dass, sobald dieser Moment eingetreten sei, die Umwandlung des kapitalistischen in den sozialen Staat ohne weiteren Widerstand auf friedlichem Wege und sozusagen ganz von selbst sich vollziehen werde. Diese Prophezeiung, auf einer richtigen Erkenntnis der wirtschaftlichen Kräfte beruhend, wäre auch sicherlich in Erfüllung gegangen und ihre Realisierung hätte für die Welt den Beginn einer glänzenden Epoche in der Kulturgeschichte der Menschheit bedeutet – wenn die große Masse des Volkes vorbereitet gewesen wäre für diese Umwälzung der Gesellschaftsordnung, für diesen plötzlichen Übergang vom tiefsten Schatten zum glänzendsten Lichte.

Jetzt aber war der Moment gekommen, wo sich die Sünden der letzten hundert Jahre in furchtbarster Weise rächen sollten, wo die Saat, welche

am Ende des neunzehnten Jahrhunderts Eugen Richter gesät hatte, erst
ihre entsetzlichen Früchte zur Reife brachte. Im Laufe der letzten hundert
Jahre war nichts, rein gar nichts geschehen, um das Volk für den großen
Augenblick, der seiner harrte, vorzubereiten.

Bis zum Staatsstreich des Jahres 1900 hatte die Sozialdemokratie sich dieser letzterwähnten Aufgabe unterzogen. Aus dumpfer Erstarrung und kläglicher Unwissenheit hatte sie das arbeitende Volk unter unsäglichen Mühen, Gefahren und Hindernissen, zur Selbstständigkeit, zum Selbstbewusstsein, zur Bildung heranzuziehen sich bemüht. Und ihre Bemühungen waren auf dem besten Wege, von Erfolg begleitet zu sein. Am Ende des neunzehnten Jahrhunderts war der Arbeiter von einem heißen Drange nach Bildung und Wissen erfüllt; in weiter Ferne sah er eine glänzende Idealgestalt vor sich herziehen, die seinen Weg erleuchtete und die Sozialdemokratie war es, die seine Schritte auf diesem Wege leitete, die ihm, sooft er es vergaß, immer und immer wieder die Mittel einprägte, welche ihn auf demselben vorwärtsbringen konnten.

Aber die Sozialdemokratie tat noch mehr: Sie wurde auch zur Erzieherin der anderen Klassen. Indem sie die träge Masse des Proletariates aufrüttelte, organisierte und zielbewusst machte, zwang sie die Besitzenden, ihre Aufmerksamkeit Dingen von höchster Wichtigkeit zuzuwenden, welche bis dahin in unverantwortlicher Weise vernachlässigt worden waren.

Eine ganze Welt von neuen Fragen, Ideen, Gesichtspunkten machte sie plötzlich lebendig. Es half nichts, dass man sich anfänglich davon abwendete, dass man sich die Augen zuhielt, dass man sich taub stellte. Die Sprache der Tatsachen war eine zu eindringliche; man war genötigt, der Sache wohl oder übel seine Aufmerksamkeit zu schenken, sich auf Diskussionen einzulassen, seine Lethargie abzuschütteln, um dem Gegner standhalten zu können. So brachte die Sozialdemokratie neues, frisch pulsierendes Leben in die alternde Gesellschaft, sie streute mit vollen Händen einen unerschöpflichen Stoff zur Anregung auf allen Gebieten aus; Dichter, Schriftsteller und Künstler schöpften aus dem nie versiegenden Quell einer neuen Ideenwelt, und selbst die rostig werdende Staatsmaschine sah neues Öl auf ihre knarrenden Achsen träufeln und ging daran, Institutionen zu schaffen, die man ein Vierteljahrhundert früher als fantastisch bezeichnet haben würde.

Dieser frische Quell versiegte mit einem Male, als man die Sozialdemokratie mit eiserner Faust für immerdar vernichtet, ausgerottet hatte.

Als der große Moment, den Bellamy prophezeit hatte, tatsächlich eintrat, fand er anstelle einer politisch reifen, mit dem Rüstzeug moderner Bildung ausgestatteten und physisch tüchtigen Arbeiterschaft eine vertierte Masse, die kein anderes Ziel kannte, als endlich einmal Rache zu nehmen für die schmähliche Unterdrückung, deren Opfer sie seit hundert Jahren geworden war.

8. Kapitel

Berlin acht Tage vor dem großen Krach – Feiernde Fabriken – Der Hungertod – Riesenbazare – Mangel an Soldaten – Ein Abendspaziergang im Jahre 1998 – Ein Besuch im Arbeiterviertel

Ich beginne nunmehr mit der Erzählung meiner eigenen Erlebnisse in der Zeit des allgemeinen Zusammenbruchs.

Am Abend des 2. Februar 1998 fuhr ich mit dem Blitzzug von Weimar nach Berlin. Ich befand mich in der glückseligsten Stimmung; ich hatte ja die Reise unternommen, um meine Braut heimzuführen aus ihrem Elternhause in das behagliche Nest, das ich ihr in Thüringen bereitet hatte. Dank der Protektion meines zukünftigen Schwiegervaters, welcher eine einflussreiche Stellung bei der großen Aktiengesellschaft bekleidete, war ich zum Verwalter der Thüringischen Zentralmagazine ernannt worden, ein Posten, der ebenso angenehm, als einträglich war. So drückte ich mich also in die Kissen meines Coupésitzes und überließ mich, während der Zug seinem Ziele entgegenbrauste, den angenehmsten Träumen, eine Beschäftigung, der ich mich umso ungestörter hingeben konnte, als ich anfänglich allein in meinem Coupé war. Auf einer Zwischenstation, einem Städtchen, in welchem die Gesellschaft große Teppichfabriken besaß, stieg ein Herr in meine Abteilung ein, in dem ich alsbald einen ehemaligen Schulkollegen erkannte. Ebenfalls im Dienste der Gesellschaft stehend, war er erst vor wenigen Wochen an diesen Ort versetzt worden. Nachdem wir uns begrüßt und die üblichen Redensarten gewechselt hatten, fiel mir plötzlich ein, dass ich der Ausstattung meiner Wohnung ganz gut noch einen Teppich von bestimmter Spezialität beifügen könne, wie ihn die erwähnten Fabriken in vorzüglicher Beschaffenheit anfertigten. Ich frug also meinen Freund nach dem Preise einer mir zusagenden Größe und war nicht wenig erstaunt, als ich zur Antwort erhielt, dass in den Fabriken diese Gattung von Teppichen nicht mehr hergestellt werde.

»Warum denn nicht mehr?«, frug ich. »Ist vielleicht keine Nachfrage mehr nach dieser Qualität?«

Mein Freund lächelte düster und erwiderte mit gepresster Stimme: »Weil wir überhaupt nichts mehr fabrizieren. Die Fabriken haben ihren Betrieb vor drei Tagen eingestellt.«

»Eingestellt? Ich war der Meinung, das Geschäft gehe bei euch vorzüglich. Ihr habt doch, wenn ich nicht irre, an fünftausend Arbeiter beschäftigt?«

»Das ist richtig«, sprach mein Gegenüber. »Die ganze Einwohnerschaft des Städtchens, mit Ausnahme der wenigen Staatsbeamten, arbeitete für unsere Gesellschaft; wir haben sie aber sämtlich entlassen müssen, weil sich die Fabrikation schon längst nicht mehr rentierte.«

»Ich verstehe aber nicht! Eure Teppiche hatten einen Weltruf. Sie waren dauerhaft, elegant, preiswürdig –«

»Und doch war der Absatz auf ein Minimum herabgesunken und deckte nicht einmal die Betriebskosten. Wir haben eben in ganz Deutschland nur sehr wenig Leute, die sich den Luxus eines Teppiches gestatten können. Es müssen ja selbst Fabrikationszweige eingeschränkt werden, welche notwendigen Lebensbedarf produzieren. Wenn jeder Arbeiter in Deutschland imstande wäre, für sich und die Seinen Betten zu kaufen, so könnten wir vierzig Millionen Stück davon fabrizieren. Wie viel Arbeit gäbe das für unsere Möbelfabriken, für die Leinenindustrie, für die Fabrikation von Matratzenstoffen; selbst die Landwirtschaft würde profitieren, denn wo nähme man die Tausende von Zentnern an Bettfedern her? Ich glaube aber, dass heute Nacht im ganzen Reich kein einziges Mitglied einer Arbeiterfamilie in einem Bette schlafen wird. Die Leute liegen im besten Falle auf einem Haufen Stroh oder Lumpen; die meisten aber in ihren Arbeitskleidern auf dem nackten Fußboden.«

»Was fangen denn nun diese fünftausend Menschen an, die Ihr entlassen habt?«, frug ich weiter.

Der andere zuckte mit den Achseln. »Das weiß ich nicht. Ein oder zwei Dutzend werden wohl im Orte bleiben, und die paar Äcker bearbeiten, die ihnen noch verblieben sind. Alles übrige Land, auf Meilen hinaus, gehört der Gesellschaft, die es im Großen bearbeiten lässt und so schon Überfluss an Arbeitern hat. Das große Heer der Arbeitslosen wird um einige Bataillone zunehmen, das ist alles, was man heute sagen kann.«

Die Worte meines Freundes hatten bereits genügt, um meine gute Laune zu verscheuchen. Heiter und sorglos von Natur, hatte ich mir bisher wenig Mühe gegeben, den Wolken, welche sich rings um mich zusammenzogen, eine größere Aufmerksamkeit zu schenken. Trotzdem war es auch mir nicht entgangen, dass die wirtschaftlichen Zustände sehr viel zu wünschen übrig ließen; in dem Stadium hochgradiger Verliebtheit, in dem ich mich jedoch seit mehr als Jahresfrist befand, war ich noch weniger als früher geneigt, mich düsteren Betrachtungen hinzugeben. Die Zukunft lag so verlockend, so rosig vor mir, dass ich stets mit Gewalt alle aufsteigenden Gespenster verscheuchte; ich wollte mir mein Glück umso weniger trüben lassen, als ich ja an den allgemeinen Zuständen nichts ändern und bessern konnte. Heute aber vermochte ich der finsteren Mächte nicht Herr zu werden. Die Worte, die ich soeben vernommen, hatten einen Abgrund vor mir geöffnet und erst, als ich am Bahnhofe in Berlin anlangend, von meiner Braut und deren Eltern empfangen wurde, als sich Elly mit glückseligem Lächeln an meinen Arm hängte, verscheuchte ihr fröhliches Geplauder die düsteren Bilder, von denen mein Inneres erfüllt war.

Eine Viertelstunde später bog der Wagen, in dem wir saßen, in die taghell beleuchtete Einfahrt eines jener palastähnlichen Gebäude ein, in denen die höheren Beamten unserer Gesellschaft, zu denen auch mein Schwiegervater zählte, ihre Dienstwohnungen hatten. In diesem Moment prallten die Pferde zurück, wir erhielten einen starken Stoß, der Wagen neigte sich zur Seite. Die Frauen schrien angstvoll auf, mein Schwiegervater öffnete den Schlag und sprang hinaus; ich folgte ihm und sah den Wagen umringt von einer Schar Menschen, deren Gesichter ich nie vergessen werde. Ein unbeschreibbarer Hass lag in diesen funkelnden Blicken.

Ich fand jedoch keine Zeit, weitere Betrachtungen anzustellen. Schutzleute waren zur Hand, welche die Menge aus der Einfahrt auf die Straße drängten und das Gitter schlossen. Nun standen sie draußen, unverwandten Blickes durch die Lücken der Eisenstäbe hereinstierend, mit entsetzlichen, abgezehrten Gesichtern und wirren Haaren.

Gleichzeitig sah ich, wie man eine leblose Gestalt, den Körper eines Weibes, unter dem Wagen hervorzog. Als man die Unglückliche forttragen wollte, fiel mein Blick auf ihr wachsbleiches Gesicht. Es schien nur aus Haut und Knochen zu bestehen und glich dem Schädel einer Mumie. Ich wandte mich an einen der Schutzleute: »Der Wagen hat sie getötet?«, rief ich. »Nein, sie war schon vorher tot«, sprach der Mann gleichgültig, »sie ist verhungert!«

3. Februar

Die ganze Nacht hatte mich die Schreckensgestalt des gestrigen Abends im Traume verfolgt. Müde und abgespannt erhob ich mich. Wie ein zum Himmel schreiendes Verbrechen erschien mir der Luxus, der mich umgab. Beim Frühstück nach dem Grunde meiner Schweigsamkeit befragt, sagte ich offenherzig, wie tief mich die Begebenheit von gestern erschüttert habe. Mein Schwiegervater zuckte die Achseln: »Das ist uns leider nichts Neues mehr«, erwiderte er. »Das Elend wird immer größer, und kein Mensch weiß, wo das hinaus will. Das Schlimmste steht uns noch bevor. Vor Kurzem hat einer unserer Ingenieure eine neue Erfindung gemacht, welche wieder ungezählte Tausende um ihr Brot bringt. Man hat jetzt in der Textilindustrie überhaupt keine Arbeiter mehr nötig. Ein Kind von zehn Jahren genügt für jede Fabrik und es hat nichts weiter zu tun, als bald hier, bald dort auf einen Knopf zu drücken. Das Übrige besorgen die Maschinen.«

»Und die Arbeiter?«, frug ich. Er schwieg und zuckte noch einmal mit den Achseln.

Nach einer Weile peinlichen Schweigens frug er mich, ob ich geneigt sei, ihn auf einem Spaziergange zu begleiten. Er hätte mir kein willkommeneres Anerbieten machen können. Eine Flut schrecklicher Gedanken drohte wieder über mich herzufallen; die Gestalten meines nächtlichen Traumes wurden wieder lebendig, und mir war, als müsse ich in diesen Räumen ersticken. Elly hatte mich besorgten Blickes gemustert. Im ersten unbelauschten Moment umschlangen mich ihre Arme: »O Lieber, lass uns bald diese Stadt verlassen. Es gehen hier schreckliche Dinge vor, und kaum wage ich mehr, den Fuß auf die Straße zu setzen, wo mich überall das grässlichste Elend angrinst.« Sie brach in Tränen aus, und ich musste alle Beredsamkeit aufbieten, um sie zu beruhigen. Mir war es aber, als sei seit gestern ein kalter Reif auf mein junges Glück gefallen.

Die seltsame Stimmung, in der ich mich befand, mochte Ursache sein, dass mir Dinge, welche mir längst bekannt waren, heute in einem ganz eigentümlichen Lichte erschienen. In früheren Jahren hatte sich, wie ich oft erzählen hörte, in den Straßen, die wir durchwanderten, ein Schauladen am andern befunden, von denen jeder seinen besonderen Inhaber hatte. Jeder trieb sein Geschäft für sich auf eigene Faust und hatte keine weitere Sorge, als seinen Konkurrenten zugrunde zu richten. Das hatte sich schon längst geändert. Die kleinen Geschäfte waren seit Jahrzehnten verschwunden. An ihrer Stelle nahmen Riesenbazars die unteren Stockwerke der Häuser ein, Kolossalgeschäfte, welche sämtlich von unserer Aktiengesellschaft betrieben wurden und in denen man alles erhalten konnte, was man zu haben wünschte, von der Stecknadel angefangen bis zum Konzertflügel. Vor diesen großartigen Betrieben, welche mit weit geringeren Spesen und größerem Nutzen arbeiteten, hatten die kleinen Geschäftsleute die Segel streichen müssen; was früher vielen gehört hatte, befand sich jetzt im Besitz einiger Weniger und zahllose zerstörte Existenzen bezeichneten den Weg dieser »friedlich« verlaufenen Umwälzung. Das Praktische der Einrichtung ließ sich ja nicht leugnen, aber warum, frug ich mich, warum muss der Profit dieser Riesengeschäfte nur einigen zufallen, die ohnedies schon mehr als genug besitzen, warum darf nicht das ganze Volk, jene ungeheure Schar Armer und Elender teilhaben am Geschäft? Mir fiel ein, was ich von der längst verschollenen Sozialdemokratie gehört hatte. Wenn jetzt das ganze Volk, erfüllt von ein und demselben Gedanken imstande wäre, anstelle dieser Wenigen zu treten und die Leitung der Produktion und des Warenvertriebes selbst in die Hand zu nehmen? Wahnsinnige Idee! Menschenalter müssten vergehen, ehe diese zu Boden getretene, vertierte Masse wieder so weit emporgehoben werden könnte, um an eine solche Riesenaufgabe heranzutreten.

Wir besorgten einige Einkäufe und traten den Heimweg an. Eine Abteilung Soldaten, Trommler und Pfeifer an der Spitze, marschierte an uns vorüber. Ehemals hatte ich ein solches Schauspiel mit gleichgültigen Blicken gemustert; heute betrachtete ich alles mit anderen Augen und so entging mir der finstere Ernst nicht, welcher auf den Zügen der übrigens gut genährten und strammen Männer lag.

»Diese wenigstens scheinen keine Not zu leiden«, sagte ich zu meinem Begleiter.

»Nein, man tut alles Mögliche, um sie bei Kraft und guter Laune zu erhalten«, erwiderte er, »aber es werden ihrer von Jahr zu Jahr weniger; die Regimenter schmelzen zusammen, wie Schnee an der Sonne; die Zahl der Tauglichen nimmt geradezu reißend ab.«

»Das begreife ich; ein Volk, das vor Hunger stirbt, ist nicht mehr imstande, Waffen zu tragen.« Ich sagte das mit einer Bitterkeit, die mir sonst fremd war.

Im Übrigen gab es nichts Absonderliches in der Physiognomie des Straßenlebens. Eine elegant gekleidete Menge, Damen und Herren, füllte die Gehsteige und strömte bei den Flügeltüren der Bazare aus und ein. Equipagen, Omnibusse, Tramway-Waggons kreuzten sich in unaufhörlicher Folge auf dem Asphalte der Fahrbahn. Nicht das geringste Anzeichen deutete die schreckliche Katastrophe an, die wir einige Tage später erleben sollten.

Ich verbrachte den Rest des Tages in etwas besserer Stimmung, in Gesellschaft Ellys. Wir plauderten von unserer Zukunft, bauten entzückende Luftschlösser und ließen es an den kleinen verstohlenen Zärtlichkeiten nicht fehlen, wie sie unter Verliebten Brauch sind. Gegen Abend erinnerte ich mich, dass ich versprochen hatte, einen Bekannten aufzusuchen, der nur wenige Minuten entfernt seine Wohnung hatte. Ich bat deshalb meine Braut um ein Stündchen Urlaub und war nicht wenig erstaunt, als Elly bei meinen Worten die Farbe wechselte und mich flehentlich bat, bei ihr zu bleiben.

»Benutze wenigstens Vaters Wagen, wenn du den Besuch nicht bis morgen Vormittag aufschieben kannst«, bat sie.

»Aber weshalb denn, Elly, es sind ja kaum mehr als zehn Minuten Wegs; da verlohnt es sich doch wahrlich nicht, erst einspannen zu lassen«, entgegnete ich.

»O doch, doch«, rief sie aufgeregt, »geh nicht auf die Straße um diese Zeit, wenn du mich lieb hast. Es geschehen oft schreckliche Dinge da draußen.«

Ihre Angst schien mir kindisch und zudem weckten ihre Äußerungen die Neugierde in mir; ich wollte einen Blick in dieses Straßenleben werfen, das ihr solchen Schrecken einflößte.

Einige Minuten später eilte ich durch die taghell erleuchteten Straßen der mir wohlbekannten Wohnung meines Freundes zu. Auf den ersten Blick war mir indessen aufgefallen, dass das Publikum sich jetzt aus ganz anderen Elementen zusammensetzte, als in den Vormittagsstunden. Die Zahl der Schutzleute hatte beträchtlich zugenommen und hie und da traf mein Auge auf eine jener unheimlichen Gestalten, welche ich am Vorabende bemerkt hatte. Die Frauenwelt, das konnte mir nicht entgehen, war fast ausschließlich aus jenen, nicht mehr zweideutigen Elementen zusammengesetzt, die eine Eigentümlichkeit moderner Großstädte bilden. Das alles fand ich indessen nicht allzu verwunderlich, hatte mir's auch kaum anders vorgestellt und lächelnd über Ellys Angst, deren Beweggrund mir schlecht verhüllte Eifersucht schien, setzte ich meinen Weg fort. Ich traf den Gesuchten zu Haus und verplauderte ein halbes Stündchen mit ihm. Seltsam schien mir jedoch, dass mein Freund, sonst die Höflichkeit selbst, in förmlich unartiger Weise meinen Besuch abzukürzen trachtete und mir mehr als einmal zu verstehen gab, es wäre besser, wenn ich meine Braut nicht länger allein lasse. Etwas ärgerlich ging ich endlich.

Die Straßen, welche ich passierte, waren auffallend menschenleer; nur hie und da huschte ein Schatten an den Häusern entlang. Eine matt beleuchtete Seitengasse passierend, sah ich plötzlich zwei Gestalten, in weite Mäntel gehüllt, vor mir auftauchen. Ich erkannte beim Schein der Laterne eine ältere Frau mit abgezehrtem, geisterbleichem Antlitz und ein junges, kaum dem Kindesalter entwachsenes Mädchen, das seine großen Augen nur einmal scheu zu mir emporhob, um sie sogleich wieder zu senken.

»Erst siebzehn Jahre, Herr«, flüsterte die Alte. »Wollt Ihr sie haben? Für ein Stück Brot gebe ich sie Euch! Seht nur her, wie hübsch sie ist!«

Das Weib schlug den Mantel zurück, der die Gestalt des Kindes verhüllte; ein blühender, nackter Mädchenleib drängte sich mir entgegen, schmiegte sich an mich, und eine Stimme, die ich nie vergessen werde, flehte:

»Ein kleines Stück Brot nur; ich habe so Hunger, Herr!«

Zitternd, betäubt, eine Welt voll Schmerz und Scham in mir, trat ich zurück und legte alles, was ich an Barschaft bei mir trug, in die kleinen zitternden Hände, dann, – ich schäme mich nicht, es einzugestehen – ergriff ich die Flucht.

Nach wenigen Schritten aber sah ich mich von Neuem angehalten. Ein Weib kniete vor mir mit flehend erhobenen Händen und wieder gellte die furchtbare Klage in mein Ohr: »Ich sterbe vor Hunger, Herr!« Verzweiflungsvoll wühlte ich in meinen Taschen, es war nichts mehr darin. Da drängte es sich von rechts und links an mich heran, weiche Arme legten sich um meinen Hals und aufgelöstes Frauenhaar streifte mein Gesicht. Ich fühlte meine Hände festgehalten; als ich sie losmachen und die Gestalten, die mich umgaben, zurückdrängen wollte, da sah ich hier und dort eine Hülle zu Boden gleiten und meine Finger berührten die weichen Formen der entblößten Frauenleiber. Meiner Sinne kaum mehr mächtig, riss ich mich los und stürmte davon.

Einige Minuten später erreichte ich die Straße, in der Ellys Haus lag. Hier hatte sich die Szenerie indessen sehr verändert. Das elegante Publikum war gänzlich verschwunden; die ganze Straße, Kopf an Kopf, mit verwilderten Erscheinungen, Männern und Weibern erfüllt, die Schaufenster der Bazare sämtlich geschlossen. Noch tief erschüttert von dem eben Erlebten, fühlte ich, wie es mir heiß zu den Augen hinanschoss, als ich diese hohlwangigen, bleichen Gesichter mit all ihrem stummen Elend sah. Vor jedem Hause waren Infanterie-Pickets postiert; Schutzmänner zu Fuß und zu Pferd patrouillierten beständig straßauf, straßab, aber ich hatte das Gefühl, als wenn die unzählbare Masse der Armen und Elenden nur eines Wortes, eines Signals bedürfe, um sich auf diese Wächter der Ordnung zu stürzen und sie mit ihrer Wucht zu erdrücken. So gut es gehen wollte, drängte ich mich durch. Schweißtriefend, ohne Hut, mit beschmutzten und zerrissenen Kleidern, bleich vor Entsetzen und Aufregung, langte ich endlich bei Elly wieder an.

5. Februar

Am folgenden Tage fühlte ich mich durch die Erlebnisse, die ich soeben geschildert, so angegriffen, dass ich mich nicht entschließen konnte, das Haus zu verlassen. Ich blieb also den ganzen Tag bei Elly, die sich große Mühe gab, die unangenehmen Eindrücke zu verwischen, welche mir der verflossene Abend hinterlassen hatte.

Heute früh, als ich leidlich beruhigt, zum Frühstück kam, fand ich Elly in Tränen schwimmend, einen offenen Brief in der Hand, den sie mir bei meinem Eintritt sogleich entgegenstreckte. Der Brief enthielt die herzzerreißende Schilderung der Lage, in welcher eine ehemalige Bonne Ellys sich befand. Es war das alte Lied: Der Mann seit Monaten arbeitslos, die Frau krank, von allem entblößt, mit ihrem kleinen Kinde dem Hungertode nahe.

Elly wollte selbst sofort einspannen lassen, um der unglücklichen Familie Hilfe zu bringen. Aber ihr Vater legte ein energisches Veto ein.

»Wir werden das selbst besorgen«, sagte er zu mir gewendet, »in jene Quartiere darf deine Braut keinen Fuß setzen. Elly soll Kleider und Lebensmittel in einen Korb packen; ich lasse inzwischen einspannen. Du aber gehst mit dieser Karte zur nächsten Polizeiwache und bittest um ausreichende Bedeckung.«

»Um Bedeckung – –?«, frug ich erstaunt.

»Selbstverständlich«, erwiderte er etwas ungeduldig, »in jenen Stadtteil begibt man sich nur unter Polizeischutz.«

Eine halbe Stunde später setzte sich unsere Expedition in Bewegung. Im Wagen uns gegenüber hatten zwei Wachleute, auf dem Bocke neben dem Kutscher ein bis an die Zähne bewaffneter dritter Platz genommen. Zwei andere Polizisten trabten hoch zu Ross auf beiden Seiten des Wagens. Wir selbst waren mit scharfgeladenen Revolvern versehen. So ausgerüstet verließen wir das elegante Stadtviertel und drangen in eine Gegend vor, welche den grellsten Kontrast zu ersterem bildete. Vorher hatten wir die doppelte Postenkette eines Infanterieregimentes zu passieren, welche den Zugang zu diesem Quartiere absperrte. Je weiter wir fuhren, desto unheimlicher wurde unsere Umgebung. In den von hohen rußgeschwärzten Häusern eingefassten Straßen schien eine ewige Dämmerung zu herrschen. Unbeschreibbare Dünste erfüllten die dicke nebelfeuchte Luft; überall, wohin auch das Auge traf, grinsten ihm die unzweideutigen Spuren tiefsten Elends und entsetzlicher Verkommenheit entgegen. Die Gassen waren fast menschenleer, nur hier und da zeigte sich an den mit Papier verklebten Scheiben ein bleiches Gesicht, das uns apathisch aus tief liegenden Augen anstarrte. In einem der elendesten Seitengässchen hielten wir. Ziemlich lange dauerte es, bis wir uns durch eine Flucht von schmutzigen, dunklen Höfen, Gängen und Stiegen durchgefunden hatten an den Ort unserer Bestimmung. Was wir da fanden – kaum vermag ich es zu schildern. Der Brief, den Elly erhalten, mochte wohl zu lange unterwegs gewesen sein, denn unsere Hilfe kam zu spät.

Am Fensterkreuz des vollständig kahlen, eisig kalten Gemachs hing die zu einem Skelett abgemagerte leblose Gestalt eines, nur mit einigen Lumpen bekleideten Mannes. Der Unglückliche hatte schon vor mehreren Tagen seinem Leben ein Ende gemacht; der Körper war bereits in Fäulnis übergegangen. Niemand hatte sich die Mühe genommen, ihn abzuschneiden, und für seine Bestattung zu sorgen. Das war aber noch nicht das Grässlichste! In einem Winkel kauerte ein Weib und nagte an einem Knochen. Sie hatte uns zuerst völlig teilnahmslos betrachtet; als ich mich jedoch ihr näherte, schrie sie auf und breitete die Hände über ein irdenes Gefäß, das neben ihr stand. Aus ihren Augen blitzte der Wahnsinn. »Geht hinaus! Ihr weckt mir mein Kind auf!«, kreischte sie. Dann lachte sie wieder: »Wollt ihr's anschauen, wie süß es schläft?« Sie zog einen schmutzigen Lappen von dem Gefäß. Entsetzlich! Da lagen blutige, halbabgenagte Fleischreste! Die Wahnsinnige zog ein Stück davon heraus und schlug gierig die Zähne hinein: »Mich hungert!« Das war das Letzte, was ich hörte, die Sinne schwanden mir!

Als ich wieder zur Besinnung kam, saß ich im Wagen, der im tollen Lauf über das Pflaster flog. Ein furchtbares Geheul umtobte ihn, Schüsse krachten, ein Steinhagel prasselte gegen Fenster und Verdeck der Kutsche, mein Schwiegervater saß an meiner Seite, totenbleich, den Revolver in der Hand; mir gegenüber, von den Schutzleuten gehalten, die Wahnsinnige, mit lächelndem Gesicht und glanzlosen Augen, auf ihren Kleidern noch die Blutreste der entsetzlichen Mahlzeit. So erreichten wir die Postenkette des Militärs, das unser Fuhrwerk sofort in die Mitte nahm. Aus der Ferne nur, wie eine tosende Brandung, schlug dumpfes Schreien und Heulen an mein Ohr.

9. Kapitel

*Jagdausflug – Die allerjüngste Dichterschule – Rittergut
Groß-Wackernitz – Pferdelos und Menschenschicksal – Ein feines
Souper mit Zubehör*

6. Februar

Die Schreckensbilder des gestrigen Tages hatten mir die Nachtruhe
geraubt, sie trieben mich am nächsten Vormittag ins Freie; der frische
Wintermorgen, hoffte ich, werde sie verscheuchen. Ich war etwa eine
halbe Stunde ziellos durch die Straßen gestrichen, als ich plötzlich von
einem Offizier angeredet wurde.

»Morgen, alter Knabe, wie geht's dir denn?!«

Verwundert sah ich auf. Die Stimme kam mir bekannt vor. Richtig,
er war's, mein Schulkamerad und Studiengenosse M. – und erfreut
über die Begegnung schüttelte ich seine dargebotene Rechte.

»Nimm mir's nicht übel, du siehst ziemlich schlecht aus«, begann
M., indem er sich bei mir einhängte, »das Berliner Klima scheint dir
schlecht zu bekommen.«

Ich gab eine ausweichende Antwort; es wäre mir nicht möglich gewesen, meine Erlebnisse jetzt zum Besten zu geben.

»Du musst dich zerstreuen«, erwiderte mir M., »damit du die Melan-
cholie loswirst; weißt du was, komm mit mir; wir sind fünf oder sechs
gute Bekannte für morgen zu einer Jagd da in der Nähe eingeladen.
Heute Nachmittag fahren wir mit der Anhalter Bahn hinaus, abends
gibt's ein feines Souper mit Zubehör« – M. lachte sonderbar, als er das
sagte –, »und morgen in der Früh' geht's auf die Hasen. Komm mit,
es wird lustig, das kann ich dir sagen!«

Der Vorschlag kam mir nicht ungelegen; ich fühlte wirklich, dass
ich etwas tun müsse, um die Gespenster loszuwerden, die mir bei Tag
und Nacht keine Ruhe mehr ließen. Ich nahm also mit Dank die Ein-
ladung an und fand mich pünktlich zur angegebenen Stunde am
Bahnhofe ein, wo ich M. bereits in Gesellschaft einiger Herren traf:
junge Bankierssöhne, Großgrundbesitzer und Gardeoffiziere, wie ich
aus der üblichen Vorstellung entnehmen konnte.

Ich müsste lügen, wenn ich behaupten wollte, dass die Unterhaltung während der Fahrt besonders geistreich gewesen wäre; das Gesprächsthema bildete hauptsächlich ein neues Stück, welches das Repertoire eines der größten Theater der Residenz zur Zeit beherrschte. Soviel ich aus den Bemerkungen darüber entnehmen konnte, spielte es größtenteils in einem Bordell und die Vorstellung war Abend für Abend ausverkauft.

Sein Glanzpunkt war die sogenannte Notzuchtsszene im dritten Akt, in welcher die Heldin des Stückes, ein junges, noch unschuldiges Geschöpf, von einem Stammgast des besagten Etablissements auf offener Bühne in Gegenwart ihrer Mutter entehrt wird. Diese Szene wurde jedes Mal wütend beklatscht. Meine neuen Bekannten fanden es unverzeihlich, dass ich schon fast acht Tage in Berlin war, ohne dieses glanzvolle Produkt der allerjüngsten deutschen Dichterschule gesehen zu haben.

Nach etwa einstündiger Fahrt stiegen wir an einer kleinen Station aus und fanden dort mehrere mit prächtigen Pelzen und Decken versehene Schlitten unser harren, deren feurige Gespanne uns mit Windeseile über die weite schneebedeckte Ebene unserem Ziele, dem Rittergute Groß-Wackernitz, entgegen führte. Das palastähnliche, im reichsten Barockstil erbaute Herrenhaus öffnete uns bald seine Pforten, und aufs Freundlichste bewillkommnet vom Gutsbesitzer, einer stattlichen eleganten Erscheinung, begab sich zunächst jeder von uns in das ihm zur Verfügung gestellte Fremdenzimmer, um den Staub der kurzen Reise von seinen Füßen zu schütteln. War die Einrichtung dieser Räume schon das Raffinierteste an Luxus und Bequemlichkeit, was mir bis dahin vor Augen gekommen, so wurde dies alles noch übertroffen von dem Speisesalon, in dem wir uns bald darauf zu einem Imbiss zusammenfanden. Das Tageslicht hatte in diesen Raum keinen Eintritt. Die Wände ringsum waren nicht mit Tapeten, sondern mit kunstvoll drapierten Vorhängen verkleidet, die aus einem sonderbaren Stoff bestanden; unendlich weich und üppig, wie das Federgewand tropischer Vögel, oder das Pelzkleid unbekannter Polartiere, ließ dieser Stoff das Haupt, welches sich gegen seine Falten lehnte, tief in seiner weichlichen Hülle versinken. Das Ganze war derart arrangiert, dass längs der Zimmerwände eine Anzahl lauschiger Nischen und versteckter Winkel gebildet wurde, in denen man ungesehen auf üppigen Lagerstätten aus dem gleichen Stoffe sich ausstrecken konnte. Das Ganze schwamm in einem Meere bläulich weißen elektrischen Lichtes. Als ich neugierig eine der halb zurückgezogenen Gardinen lüftete, sagte M., der just neben mir stand, schmunzelnd:

»Jetzt ist noch nichts darin, lieber Freund, aber später, später –«, er schnalzte mit den Lippen und lachte laut auf, als er meinen fragenden Blicken begegnete. Der Aufenthalt in dem wollüstigen, mit eigentümlichem Parfüm erfüllten Gemache behagte mir nicht sonderlich. Ich nahm ein Glas des schweren, von tadellos befrackten Dienern kredenzten Weines, einige Bissen des in großen Kristallschalen vor uns stehenden Gebäcks und trachtete, Kopfweh vorschützend, ins Freie zu gelangen. Fast gierig sog ich, über die Stufen der Freitreppe hinabsteigend, die belebende Luft des Wintertages ein. Leichte Schatten der Dämmerung begannen sich schon über die schneebedeckten Bäume des herrschaftlichen Parkes zu legen. Ziellos schritt ich dahin und gelangte nach einigen Minuten vor ein großes, abseits stehendes Gebäude, dem eine von korinthischen Säulen eingefasste Vorhalle fast den Charakter eines Tempels verlieh.

Neugierig trat ich durch die weitgeöffnete Pforte und sah mich zu meinem Erstaunen im Innern eines – Pferdestalles. Das trübe Licht des Winternachmittags fiel von oben durch große, matt geschliffene Glasscheiben ein, aber einige Augenblicke nach meinem Eintritte schlossen sich plötzlich diese Öffnungen durch Jalousien, welche geräuschlos, von unsichtbaren Kräften bewegt, sich darüber hinschoben und statt des fahlen Dämmerlichtes flammten hundert Glühlichter an Decke und Wänden auf. An fünfzig edle Tiere, lauter Exemplare reinster Rassen, erblickte ich in den, aus Marmor und dunkelgebeiztem Eichenholz zusammengefügten Ständen, die, jeder ein Meisterwerk der Kleinarchitektur, sich zu beiden Seiten des breiten, mit bunten Mosaikplatten belegten Ganges hinzogen. Kein Stäubchen Unrat beleidigte das Auge bei der Wanderung durch diesen, von behaglicher Wärme erfüllten Pferdepalast und eine vorzüglich funktionierende Ventilation sorgte für Entfernung des sonst so penetranten Stallgeruches.

Ein Heer von Bediensteten war unausgesetzt um die schlanken, prachtvoll gebauten Tiere beschäftigt; hier ergoss sich, auf den Druck an einem elektrischen Taster, eine Fülle goldgelben Hafers in die Marmorkrippen, dort bemühten sich zahlreiche Hände um die Reinhaltung der Stände und Gänge, und an anderen Orten frottierten Diener mit in Rotwein getauchten Tüchern Schenkel und Hufe ihrer edlen Pfleglinge.

Nachdem ich mir alles genugsam betrachtet hatte, setzte ich meinen Spaziergang durch den Park fort und gelangte mit zunehmender Dämmerung, aus einem Gittertor tretend, auf einen breiten, tief ausgefahrenen Feldweg, an dessen Saume rechts und links sich eine Anzahl niederer Gebäude erhob, die weit eher, als das soeben geschilderte, auf den Namen eines Stalles Anspruch machen durften.

Unter den fast bis zur Erde reichenden Strohdächern waren hie und da kleine Fenster, kaum größer als ein Quadratschuh, angebracht. Aus einem derselben leuchtete ein matter Lichtschein und mir war, als ob ein leises Wimmern an mein Ohr dränge. Ich trat näher heran und bemühte mich, durch das Fenster das Innere zu erspähen. Es war aber vergeblich, die winzigen Scheiben waren mit einer dicken Eiskruste überzogen, welche jeden Einblick verwehrte. So entschloss ich mich denn, den abgerissenen kläglichen Lauten, welche sich jetzt deutlich vernehmen ließen, nachzugehen und gelangte, wenige Stufen abwärts schreitend, durch eine niedrige Tür in einen finstern Vorflur, in welchem ein feuchter, modriger Duft mir entgegenquoll. Aus einer Ritze schimmerte Licht und im nächsten Augenblicke stand ich in dem Gemache, aus dem sich jene stöhnenden Laute hatten vernehmen lassen. Es war von einer eisigkalten übel riechenden Luft erfüllt. Die ganze Einrichtung bestand in einem Haufen Stroh und Lumpen, der in einem Winkel des von Schmutz starrenden Estrichs lag. Auf diesem Lager krümmte sich in Fieberschauern eine menschliche Gestalt, ein alter Mann mit wirrem Haar und Bart. Vor ihm, beim Scheine einer Stalllaterne, kniete ein vielleicht siebenjähriges Mädchen, nur mit einem zerlumpten Hemd und kurzem Röckchen bekleidet, zitternd vor Frost, mit blauen, aufgedunsenen Lippen und Wangen. Das Kind fuhr bei meinem Eintritt empor und streckte mir flehend die furchtbar abgemagerten Ärmchen entgegen: »Großvater stirbt!«, schluchzte sie. »O wie ich mich fürchte!«

»Bist du denn ganz allein?«, frug ich. »Ist denn gar niemand in der Nähe, der helfen könnte?« Sie schüttelte den Kopf.

»Sie sind alle bei der Arbeit, weit fort von hier, stundenweit. Sie kommen erst spät in der Nacht heim, und in aller Frühe gehen sie wieder!«

»Und du bleibst allein bei dem Kranken?«

»Ganz allein.«

Sie sagte das mit einer solchen Trostlosigkeit in Ton und Gebärde, dass es mir tief ins Herz schnitt.

»Habt ihr keinen Arzt?«, frug ich weiter.

»Arzt? Nein, *der* kommt nicht zu uns. Vor drei Tagen war der Tierarzt hier, der drüben die kranke Stute behandelt, aber er ging gleich wieder fort und sagte, da könne er nicht mehr helfen!«

Sie schauerte zusammen vor Frost.

»Es ist so kalt hier und mich hungert so!«

Sie wies mit dem Finger auf den Fußboden, da lagen in einer Ecke einige geschälte, kalte Kartoffeln.

»Das lassen mir die Eltern hier, wenn sie in der Frühe zur Arbeit gehen, aber der Herr gibt uns kein Holz, um Feuer zu machen, und so müssen wir's kalt essen.«

»Sonst hast du nichts für dich und den Kranken?«

Sie blickte verwundert auf, dann schüttelte sie wieder den Kopf.

»Wir essen nie etwas anderes!«

Ich hatte genug gehört.

»Ich komme gleich wieder!«, rief ich und eilte zur Tür hinaus. Im Laufschritt durcheilte ich die Wegstrecke bis zum Herrenhaus, atemlos kam ich dort an. Es gelang mir, einen Diener aufzufinden und ihn durch ein gutes Trinkgeld meinem Wunsche geneigt zu machen.

Eine Viertelstunde später standen er und ich wieder vor der Hütte, beladen mit Holz, warmen Decken, Kleidern und Nahrungsmitteln aller Art.

Bald verbreitete ein lustig flackerndes Feuer behagliche Wärme in dem öden Gemach, eine Schüssel dampfender Suppe stand bereit und – aber was soll ich noch weiter sagen? So gut als es möglich war, wurde für den Augenblick geholfen, aber das frohe Gefühl, das aus diesem Grunde mich erfüllte, wich einer unaussprechlichen Bitterkeit, als ich auf dem Rückwege zum Schlosse an dem – Pferdestalle vorbeikam, aus dessen geöffneten Türen ein Strom elektrischen Lichtes hervorquoll.

Bis ins tiefste Herz erfüllt von dem Eindrucke des soeben Erlebten, beachtete ich es wenig, als mir bei meiner Rückkehr ein Diener meldete, dass ich bereits den größten Teil des Soupers versäumt habe. Am liebsten würde ich mein Mahl jetzt allein verzehrt haben, aber das ging doch nicht an, und so begab ich mich zunächst auf mein Zimmer, um ein wenig Toilette zu machen. Kaum war ich dort eingetreten, als ein Läutewerk an dem in einer Ecke angebrachten Fernsprechapparat mir zu verstehen gab, dass mich jemand zu sprechen wünsche. Ich trat ans Telefon. Es war Ellys Vater, dessen Stimme mich von Berlin aus anrief: »Komm so schnell als möglich zurück; ich habe sehr Wichtiges mit dir zu besprechen.« Schluss. Das war alles. Ich wollte fragen, was das zu bedeuten habe, aber ich erhielt keine Antwort mehr. Eine heftige Unruhe begann sich meiner zu bemächtigen. Was konnte geschehen sein. War vielleicht Elly erkrankt oder verunglückt?

Ich schellte dem Diener.

»Wann kommt der nächste Zug nach Berlin in die Station?«

»In einer guten Stunde, gnädiger Herr.«

»Dann bitte ich, mir sogleich einen Schlitten einspannen zu lassen. Ich muss unverzüglich abreisen!«

»Aber das Souper, gnädiger Herr!«

»Ich werde in Berlin soupieren. Nur geschwind, bitte ich, damit ich den Zug nicht versäume.«

Der Diener verbeugte sich schweigend und verschwand.

In einigen Minuten war ich zur Abreise gerüstet und begab mich in den Speisesalon, um mich von der Gesellschaft zu verabschieden.

Als ich die Türe öffnete, bot sich mir ein Anblick dar, der mir das Blut in die Schläfen jagte.

Das Souper war beendet. Auf Sesseln und Diwans dehnten sich, halb berauscht, die Teilnehmer an diesem Mahle, jeder ein Weib umschlungen haltend, von denen einzelne noch mit einem kurzen Hemdchen bekleidet, andere aber vollständig nackt waren.

Ekel und Empörung kämpften in mir angesichts der schamlosen Szenen, deren Augenzeuge ich sein musste. Die Nischen an den Wänden des Gemaches erfüllten jetzt ihren Zweck.

M. hatte mich erblickt, er war schon vollständig berauscht.

»Zum Teufel, wo treibst du dich herum?«, lallte er. »Nun musst du nehmen, was übrig bleibt, geschieht dir ganz recht, dummer Kerl!«

Und mit rohem Griffe dem auf seinem Schoße sitzenden Mädchen die letzte Hülle abreißend, umschlang er in wilder Gier den nackten, zitternden Körper. »Da, komm her, darfst meine Kleine auch einmal küssen!« –

Ich hatte genug gesehen.

Einige Minuten später sauste mein Schlitten durch die schweigende Winternacht der Station zu.

10. Kapitel

Eine verhängnisvolle Botschaft – Eine Audienz beim »Herrn« – Die Produktion wird eingestellt – Der Sturm bricht los – Des Urahnen Hochzeitsreise – Das Ende der kapitalistischen Wirtschaft

Zu später Abendstunde langte ich bei Elly wieder an. Meine Braut kam mir schon im Vorflur entgegen und eine Zentnerlast fiel mir vom Herzen, als ich sah, dass sie gesund und blühend vor mir stand, wie sonst.

»Wo ist der Vater, Elly?«, fragte ich nach der ersten zärtlichen Begrüßung. »Er hat mich telefonisch zurückberufen!«

»Er wartet auf dich in seinem Schreibzimmer«, entgegnete Elly. »Ich weiß nicht, was vorgefallen ist, aber es muss etwas Schlimmes sein, denn Vater macht ein furchtbar ernstes Gesicht. Es liegt wie ein Alp auf uns allen!«

Als ich das angedeutete Gemach betrat, erhob sich mein Schwiegervater von dem Schreibtisch, an dem er saß und streckte mir die Hand entgegen. Sein Antlitz war außergewöhnlich blass und ernst.

»Gut, dass du kommst«, sagte er und lud mich ein, Platz zu nehmen. »Ich bedarf deiner Hilfe, denn es gehen Dinge vor, für die meine Kraft nicht ausreicht.«

Er holte tief Atem und fuhr nach einer Pause fort:

»Heute Nachmittag war ein Geheimsekretär des ›Herrn‹ bei mir.«

»Des Herrn?«, frug ich erstaunt. »Welchen Herrn meinst du?«

»Ah so, du weißt nicht!« – Seine Stimme sank unwillkürlich zu einem Flüstern herab und sein Blick schweifte scheu durchs Gemach, als fürchte er, dass irgendein geheimnisvoller Dritter unser Gespräch belauschen könne. »Wir alle nennen ihn nie anders, als nur den ›Herrn‹. Die Wenigsten wissen überhaupt seinen Namen. Er ist der oberste

Leiter unserer Gesellschaft, wohl die mächtigste Persönlichkeit auf der Erde. Sein Reichtum ist unermesslich, der Kaiser selbst, im Vergleich mit ihm, ein armer Schlucker.«

»Und was will er also von dir?«

»Von mir will er eigentlich nichts. Er lässt mir nur mitteilen, dass die Gesellschaft morgen mit dem Schlag 12 Uhr die Produktion einstellen werde.«

Ich fuhr entsetzt empor.

»Die Produktion einstellen? Ist der Mensch wahnsinnig?«

»O nein! Der Sekretär hat mir alles auseinandergesetzt. Das Ganze ist nichts als ein Rechenexempel. Die Produktion verlohnt sich nicht mehr. Neunzig Prozent der Bevölkerung sind Bettler, Vagabunden, wegen deren es nicht mehr der Mühe wert ist, das Geschäft weiter zu führen und der Rest kann, trotz allen Aufwandes, nicht den zehnten Teil von dem verbrauchen, was unsere Maschinen herstellen.«

»Aber dann steht das Chaos vor der Tür, eine entsetzliche Umwälzung!«

»Das weiß der ›Herr‹ ganz gut, aber es kümmert ihn nicht. Die Gesellschaft hat ihr Schäflein längst ins Trockene gebracht. Schon seit Jahren hat man, ganz im Geheimen, riesige Kapitalien aus dem Geschäftsverkehr gezogen und im Ausland sicher untergebracht. Vor ein paar Wochen hat die Gesellschaft für die Summe von zehn Milliarden der spanischen Regierung die Insel Kuba abgekauft. Die Aktionäre haben sich dorthin zurückgezogen und werden unter Palmen ein idyllisches Dasein führen, während hier eine Welt in Trümmer geht!«

Ich war sprachlos; der Kopf schwindelte mir.

»Aber um Gottes willen«, stieß ich endlich hervor, »gibt es denn kein Mittel, um das abzuwenden, um die Katastrophe zu verhüten?«

»Doch, es gibt noch eines! Der Staat muss die Produktion vorläufig in die Hand nehmen. Höre, was ich dir sagen will und weshalb ich dich rufen ließ. Du musst mit dem Frühzug nach Hamburg fahren. An Bord seines Privatdampfers findest du dort den ›Herrn‹. Biete alle deine Beredsamkeit auf, um von ihm zum Mindesten acht Tage Aufschub zu erlangen. In der Zwischenzeit unterhandle ich hier mit der Regierung. Die Produktion darf nicht einen Moment stillstehen. Unser aller Existenz hängt davon ab.« Er unterbrach sich einen Moment und fuhr dann, tief aufseufzend, fort: »Oh, wenn wir jetzt Arbeiter hätten, wie sie unsere Vorfahren im neunzehnten Jahrhundert hatten! Dann wäre ja alles gut. Dann hätten wir diese schwerfällige, eingerostete Staatsmaschine gar nicht nötig, um uns über Wasser zu halten. Die Sünden der letzten hundert Jahre aber haben alles verdorben.« –

Die wenigen Stunden der Nacht vergingen mir schlaflos. Die Morgennebel zogen noch über die unabsehbare Ebene, als ich schon wieder im Zuge saß und gen Norden dampfte.

In den ersten Vormittagsstunden war ich in Hamburg, und mein Erstes war natürlich, zum Hafen zu fahren, wo der Lustdampfer des »Herrn« vor Anker lag. Es gelang mir indessen nicht, sogleich bei dem Mächtigen vorgelassen zu werden. Von entsetzlicher Unruhe gepeinigt, schritt ich auf dem Quai auf und ab. Ich beobachtete mit Angst, wie der Zeiger meiner Uhr langsam vorwärts schlich und jede Minute, die er zurücklegte, steigerte meine Aufregung. Entsetzliche Bilder von Aufruhr und Zerstörung erfüllten meine Fantasie. Tausende zogen an mir vorüber, ihren alltäglichen Geschäften oder Vergnügungen nach, aber keiner unter ihnen hatte eine Ahnung von dem drohenden Unheil, das mit jedem Augenblicke näher kam. Nur ich allein sah es, und sah auch die dampfenden Schutthaufen anstelle der glänzenden Paläste, die verstümmelten Leichen auf dem blutüberströmten Pflaster. Entsetzliches Geheimnis, das auf mir lastete!

Die zehnte Stunde war schon längst vorüber, als ich endlich an Bord des Dampfers Einlass fand. Es war ein kleines, lauschiges Kabinett, in das man mich führte. Die Wände waren bis zur Brusthöhe mit hellfarbigem Holze getäfelt und oberhalb desselben mit violettem Samt ausgeschlagen. Ein kostbarer Teppich bedeckte den ganzen Boden, schwere Seidengardinen verhüllten die Eingänge. Auf einem Diwan, vor sich ein elegantes Rauchtischchen, lag ein Herr in schwarzem Salonanzug, einen Fez auf dem spärlich behaarten Scheitel. Er mochte etwa Mitte der vierziger Jahre stehen, hatte aber einen eigentümlichen, milden, abgespannten Zug im Gesicht, der ihn weit älter erscheinen ließ.

Es war der »Herr«, vor dem ich stand. In diesem Moment fiel mein Blick auf einen Chronometer, der zu Häupten des Diwans hing; er zeigte auf zehn Minuten vor elf Uhr. Ein Schauer flog über meinen Körper, als ich diese Wahrnehmung machte. Wenn es mir im Laufe der nächsten halben Stunde nicht gelang, den Mächtigen umzustimmen, so war alles verloren. Alle Kraft zusammennehmend, begann ich meinen Vortrag.

Der »Herr« hörte mich schweigend, den Dampf einer Zigarette von sich blasend, an; nur von Zeit zu Zeit flog ein nervöses Zucken über sein Antlitz. Ich hatte meine ganze Beredsamkeit aufgeboten und Worte gefunden, so eindringlich, so herzerschütternd, dass sie einen Stein hätten bewegen müssen. Als ich geendet, blieb es einige Augenblicke ganz still im Gemach; ich glaubte, mein eigenes Herz schlagen zu hören.

Der »Herr« erhob sich aus seiner liegenden Stellung und stand dicht vor mir, die eine Hand in der Tasche seines Beinkleides, in der anderen die Zigarette haltend, von der die schmalen, weißen Finger die Asche nachlässig abstreiften.

»Ich bedaure, Ihren Wunsch nicht erfüllen zu können; es ist alles wohl überlegt und vorbereitet. Den Befehl jetzt rückgängig machen, hieße unseren ganzen Plan vernichten.«

Seine Stimme war trocken, klanglos, ohne jede Bewegung.

»Kann es in Ihrem Plane liegen, unabsehbares Unheil über das Vaterland heraufzubeschwören?«, frug ich erregt.

»Vaterland? Wer Geld hat, braucht kein Vaterland!«, erwiderte er mit leichtem Achselzucken.

»Aber die Katastrophe wird an den Grenzen Deutschlands nicht haltmachen. Ganz Europa wird der Brand erfassen, sobald er einmal ausgebrochen ist und alle Kultur wird in Trümmer gehen.«

»Das kümmert uns nicht. Bis nach Kuba werden die Flammen nicht schlagen und übrigens, je toller es zugeht, desto besser.«

»Wieso? Das verstehe ich nicht.«

»Sie sind ein schlechter Geschäftsmann, mein Lieber, wenn Sie das nicht einsehen«, meinte der »Herr« mit jovialem Lächeln. »Nun gut, ich will es Ihnen erklären, weil wir noch etwas Zeit haben, ehe mein Dampfer abfährt. In der bisherigen Weise lässt sich die Produktion nicht mehr fortführen; wir verdienen nichts mehr dabei und sind keinen Augenblick vor einer Katastrophe sicher. Wir müssen einmal Tabula rasa machen mit dem großen Heere überzähliger Menschen, um dann mit frischen Kräften wieder anzufangen. Also stellen wir den Betrieb freiwillig ein, und warten in sicherer Entfernung ab, bis sich die Wogen wieder beruhigt haben. Wenn der richtige Moment gekommen ist, erscheinen wir wieder auf der Bildfläche und man wird uns als Retter der Gesellschaft freudig aufnehmen. Verstehen Sie nun, weshalb es nicht in unserem Interesse liegen kann, den Betrieb in die Hände des Staates übergehen zu lassen? Sollen wir uns selbst das Geschäft für alle Zukunft verderben? Nein, wir wissen recht wohl, dass die Regierung mit ihrem zusammengeschmolzenen Heere, in dem sich ohnehin schon viel unsichere Elemente befinden, der Bewegung nicht Herr werden wird, die sie ganz unvorbereitet trifft. Aber gerade das wollen wir. Es muss alles zugrunde gehen, damit wir von Neuem Geschäfte machen können.«

Ich stand wie erstarrt und war keines Wortes fähig. Erst nach längerer Pause vermochte ich mich soweit zu sammeln, um ihn an die unzähligen Menschenleben zu erinnern, die diesem Geschäftskniff zum Opfer fallen würden.

Er zuckte die Achseln und zündete sich eine frische Zigarette an. »Das ist schlimm für die, welche es trifft, aber im Geschäftsleben darf man nicht sentimental sein. Übrigens ist es immer besser, die Leute büßen ihr Leben schnell ein, als dass sie verhungern.«

Er sah auf die Uhr. Der Zeiger wies auf 20 Minuten nach 11 Uhr.

»Wenn Sie den nächsten Zug nach Berlin erreichen wollen, müssen Sie sich sputen. Auch fährt mein Schiff Punkt 12 Uhr ab und es gibt für mich noch vorher einige Geschäfte zu erledigen.«

Er geleitete mich in verbindlichster Weise bis zur Tür. Meine Mission war zu Ende.

Unfähig, einen klaren Gedanken zu fassen, suchte ich auf schnellstem Wege den Bahnhof zu erreichen. Als ich die Freitreppe zur Bahnhofshalle emporstieg, erklang die Mittagsstunde von den Türmen Hamburgs.

In diesem Augenblick, das wusste ich, flog auf dem Telegrafendraht der gleiche verhängnisvolle Befehl durch das ganze Reich von Stadt zu Stadt, von Fabrik zu Fabrik und Millionen arbeitsgewohnter Hände begannen in diesem Augenblick für immer zu feiern. Wie lange konnte es dauern und diese Hände griffen zur Mordwaffe, zum Feuerbrand?

Mit Windeseile trug mich der Zug durch die Winterlandschaft der Hauptstadt zu. Meine Mitpassagiere plauderten ahnungslos miteinander, nur ich saß, mit einem Herzen, das sich angstvoll zusammenkrampfte, in meiner Ecke und wagte kaum, den anderen ins Gesicht zu sehen.

Ohne Zwischenfall kamen wir bis in die Nähe der Hauptstadt. Auf freiem Felde hielt plötzlich der Zug. Es entstand ein hastiges, angstvolles Hin- und Herlaufen, die Passagiere begannen unruhig zu werden. Einzelne öffneten die Waggontüren und stiegen hinab, um die Ursache des unerwarteten Aufenthalts zu erfragen. Unbestimmte Gerüchte wurden laut. Arbeiterunruhen seien wieder einmal in Berlin ausgebrochen, hieß es, aber das Militär werde der Bewegung in Kürze Herr werden.

Nach einer Viertelstunde etwa fuhren wir in langsamem Tempo weiter. Den Bahnhof fanden wir von einem Füsilierbataillon besetzt; in voller Feldausrüstung kampierten die Mannschaften längs des Perrons und in der Vorhalle. Ich eilte auf die Straße. Alles war menschenleer. Kein Wagen weit und breit. So schnell ich es vermochte, eilte ich dem Hause meiner Schwiegereltern zu. An einer Straßenkreuzung musste ich haltmachen. In scharfem Trabe kam die Gardeartillerie vorübergesaust, dahinter im Laufschritt Bataillon auf Bataillon, die Kerntruppen der deutschen Armee. Ohne mich umzusehen rannte ich weiter. Als ich bei Elly anlangte, fand ich die ganze Familie schon in höchster Aufregung, Vorbereitungen zur Flucht treffend.

»Und morgen soll Ellys Trauung sein!«, klagte die Mutter meiner Braut. »Ihr armen Kinder, ihr habt eine traurige Hochzeit.«

»Was morgen sein wird, kann niemand sagen«, entgegnete mein Schwiegervater. »Ich habe mir schon überlegt, was geschehen muss. Ihr müsst sofort getraut werden; der Geistliche wird in einigen Minuten hier sein, unterdessen packt ihr das Notwendigste ein und sobald die Zeremonie vorüber ist, fahrt Ihr zum Bahnhof.«

»Nein, Mutter, Vater, ich lasse euch nicht allein zurück hier in dieser schrecklichen Zeit«, rief Elly. »Ihr müsst mit uns fliehen!«

»Das geht nicht so schnell, Elly«, entgegnete der alte Herr; »es ist ja auch augenblicklich noch keine Gefahr. Noch immer ist Hoffnung, dass die Truppen den Aufstand niederschlagen. Sollte dies aber bis morgen nicht der Fall sein, so folgen wir euch nach. In euerm stillen Thüringen wird man ja wohl noch einen sicheren Zufluchtsort finden.«

Bei diesen Worten – ich weiß nicht, wie es kam – fielen mir plötzlich die finsteren Gesichter, die abgezehrten Gestalten der Arbeiter ein, mit denen ich in Weimar täglich zu tun hatte, und mit *einem* Male wurde mir klar, welch furchtbarer Zündstoff auch dort aufgehäuft war.

Der Geistliche kam; in Reisekleidern wurden wir getraut; fernes Gewehrfeuer, einzelne Kanonenschüsse und das unaufhörliche Dröhnen der Sturmglocken begleitete die Zeremonie. Die feierliche Handlung war kaum vollendet, als von der verödeten Straße herauf lautes Stimmengewirr und der schwere Tritt einer großen Menschenmenge zu uns empordrang. Ich eilte ans Fenster. In ganzer Straßenbreite wälzte sich, der inneren Stadt zu, ein ungeheurer Knäuel bewaffneter Männer und Weiber.

In der Masse, die nach Tausenden zählte, blitzte hie und da eine Pickelhaube, ein Bajonett auf. Einzelne Soldaten marschierten inmitten der Aufständischen; schließlich kam, umringt von der tosenden Menge, ein ganzes Bataillon, Trommler und Pfeifer an der Spitze, daher marschiert.

Als ich aufsah, blickte ich in das Antlitz meines Schwiegervaters. Es war totenbleich.

»Es sind die Arbeiter von Spandau und Charlottenburg«, sagte er mit tonloser Stimme, »die Garnison geht mit ihnen.«

Wir nahmen Abschied von den Eltern und ahnten nicht, dass es ein Abschied für immer war. Ich habe die beiden nie wiedergesehen und nie erfahren, was ihr Schicksal gewesen. Auf einer Hintertreppe, durch den Hofraum, gelangten wir an einen Seitenausgang des großen Gebäudes, der in einer stillen Sackgasse gelegen. Hier erwartete uns der Wagen, der uns zum Bahnhof führte. Von dem zahlreichen Dienstpersonal ließ sich niemand blicken; wir trugen unser Gepäck selbst zum Wagen hinab. Ich war fast erstaunt, als ich sah, dass der Kutscher noch wie sonst seinen Dienst versah, und wie sonst, den Hut in der Hand, uns den Schlag öffnete. Durch menschenleere Straßen, wo alle Schaufenster geschlossen waren, fuhren wir zum Bahnhof. Es war alles still und düster, wie auf einem Friedhofe. Elly lehnte an meiner Schulter und weinte still für sich hin. Mein Gott, wie ganz anders hatte ich mir diesen Tag vorgestellt!

Am Bahnhof fanden wir ein Treiben, für das mir die Worte fehlen.

Die riesige Halle war in allen ihren Teilen mit Flüchtenden vollgestopft. Ein wahnsinniger Tumult herrschte; es war, als sei man mit einem Male in ein Tollhaus geraten. In Intervallen von zehn Minuten verließ Zug auf Zug die Halle.

Sobald eine neue Wagenreihe bereit stand, stürzte sich die Menge darauf; im Nu waren die Coupés gefüllt, die Dächer erklettert; auf den Trittbrettern stand, wer sonst keinen Platz fand; um jeden Fuß breit wurde mit wahnsinnigem Ingrimm gekämpft, Weiber und Kinder zu Boden getreten oder unter die Räder geschleudert. Wenn der Zug die Halle verlassen hatte, lagen da und dort zuckende Leichname auf den Schienen, und der Todesschrei der Verstümmelten, um die sich kein Mensch mehr kümmerte, gellte in das allgemeine Toben.

Wir standen in einen Winkel gepresst, uns fest umschlungen haltend. Ich dachte an den Tod.

Von Zeit zu Zeit drang irgendeine neue Schreckenskunde in die verzweifelnde Menge und fachte die Todesangst immer von Neuem wieder an. Nur einiges vermochte ich aus abgerissenen Worten zusammenzufassen. Offenbar machte der Aufstand rapide Fortschritte; ein großer Teil der Truppen war offen zu den Insurgenten übergegangen; der Rest kämpfte matt, widerwillig, ganze Regimenter weigerten sich zu schießen, und sahen, Gewehr bei Fuß, gleichgültig der allgemeinen Zerstörung zu.

Als eines der ersten Opfer des Aufstandes war der »Herr« gefallen. Im Moment, als sein Schiff die Anker lichten wollte, zeigte es sich, dass an der Maschine etwas in Unordnung geraten sei. Noch ehe der Schaden gutgemacht werden konnte, stürmten schon die ersten Arbeiterscharen aus den geschlossenen Fabriken daher und stürzten sich wie Hyänen auf ihre Beute. Ein wütender Kampf entspann sich, in welchem der »Herr« und die ganze Mannschaft seines Schiffes ihren Untergang fand.

Der Abend war bereits hereingebrochen, als es mir endlich gelang, Elly in ein Coupé zu schieben, in dem sich schon zwölf Menschen befanden. Ich selbst blieb auf dem Trittbrett stehen. So fuhren wir in die Nacht hinaus. In meinen Träumen hatte ich mir meine Hochzeitsreise anders vorgestellt. Stunde auf Stunde verrann; meine Finger, welche sich an den metallnen Handgriff klammerten, drohten, erstarrt von der eisigen Zugluft, zu erlahmen. So schnell wir aber auch dahinfuhren, die Revolution schien mit uns gleichen Schritt zu halten. Mehr als einmal sahen wir weit draußen in der endlosen Ebene die Feuersäulen brennender Fabriksgebäude aufflammen.

Jeden Augenblick fürchtete ich, dass unsere Reise ein gewaltsames Ende finden werde. Eine Zerstörung der Bahnlinie durch ein Streifkorps der Aufständischen lag ja im Bereiche der Möglichkeit. Wir erreichten indessen unangefochten Wittenberg, wo eine größere Zahl Flüchtlinge den Zug verließ; es wurde mir dadurch ermöglicht, meinen sehr unangenehmen Standpunkt mit einem Sitz an Ellys Seite vertauschen zu können, woselbst ich verblieb, bis wir in den ersten Morgenstunden Weimar erreichten. Hier herrschte noch volle Ruhe und nichts Außergewöhnliches schien sich ereignet zu haben. Wir konnten ungehindert unsere Wohnung aufsuchen und zum ersten Male aufatmen nach der Todesangst der letzten schrecklichen Stunden. Elly jammerte um die Eltern und machte sich selbst die bittersten Vorwürfe, Berlin ohne die Ihrigen verlassen zu haben. Nur schwer gelang es mir, meine junge Frau zu beruhigen, glaubte ich doch selbst nicht an die Trostesworte, von denen mir jedes wie eine Lüge vorkam. Die Nachrichten des nächsten Tages bestätigten meine schlimmsten Erwartungen. Die große Volkserzieherin, die Sozialdemokratie, hatte man vor hundert Jahren zertreten und zermalmt, aber die wirtschaftliche Entwicklung war nicht in andere Bahnen gelenkt worden.

Ruhig, mit unfehlbarer Sicherheit, hatte sich das Ende vorbereitet.

Die kurzsichtige Menschheit war selbst schuld daran, dass es nicht zugleich der Anfang einer neuen, vernunftgemäßen Weltordnung werden konnte. In unbegreiflicher Verblendung hatte man die kraftvollen Triebe einer sich mächtig emporringenden Neugestaltung vernichtet. Das einzige Mittel, die altersschwache Gesellschaft neu zu verjüngen, existierte nicht mehr. *Die Gesellschaft hatte den Ast, auf dem sie saß, selbst abgesägt.* So konnte es also nicht anders kommen, als es tatsächlich gekommen ist. Eine gebildete, politisch und wirtschaftlich reife Arbeiterschaft hatte man nicht gewollt; nun musste man fertig zu werden suchen mit dem, was die Gesellschaft selbst aus den Arbeitern gemacht hatte: eine ungeheure Masse gänzlich verwilderter, physisch und geistig auf tiefster Stufe stehender Menschen, die, zur Herrschaft gelangt, nichts Neues zu schaffen, sondern nur noch zu zerstören wussten. Und diese Zerstörung besorgten sie gründlich! Berlin war in Flammen aufgegangen, in einen Trümmerhaufen verwandelt worden. Von dort aus pflanzte sich der Aufstand über das ganze Reich, über alle kapitalistisch organisierten Staaten fort. Zwei Tage nach unserer

Ankunft in Weimar befanden wir uns wieder auf der Flucht. Die Flammen brennender und ausgeplünderter Städte beleuchteten unseren Weg, wenn wir zur Nachtzeit auf Seitenpfaden durch die Berge wanderten. Überall, wohin wir auch kamen, wo wir auch zu rasten versuchten, fanden wir dasselbe. Von jedem Orte verjagte uns wieder die immer weiter um sich greifende Bewegung. Unbeschreibbar sind die Schreckensszenen, die wir erlebten und wie ein Wunder erscheint es mir, dass wir all diesen Gefahren entrannen.

Der stolze Bau des deutschen Reiches sank vor unseren Augen in Trümmer und nach langen Irrfahrten fanden wir endlich an den Ufern dieses Sees, wo es nichts mehr zu zerstören gab, eine Zufluchtsstätte. Möchte eine nachfolgende Generation, wenn ihr diese Aufzeichnungen zu Gesichte kommen, die furchtbare Lehre beherzigen, welche sie verkünden und möchte einst diesem, durch die Unvernunft der Menschen zugrunde gerichteten Erdteil eine neue, schönere Zukunft erblühen.

* *
*

Erschüttert, lautlos saßen die drei da, als Waltraut geendet hatte. Vor Kurts geistigem Auge zog das Schreckensbild einer zusammenbrechenden Kulturepoche vorüber – dann aber sprang er auf:

»Die schönere Zukunft ist nahe, weit näher, als ihr glaubt!«, rief er lebhaft. »Die sozialen Ideen sind nicht untergegangen; hier in Europa haben die Sünden des Kapitalismus sie wohl mit allem Übrigen vernichtet, aber in Afrika drüben leben sie noch und haben die herrlichsten Früchte gezeitigt. Wir wissen dort nichts von Reichtum und Armut, nichts von Standesunterschieden; bei uns genießt jeder, was seine Arbeit schafft, und niemand kann ihm die Früchte seines Fleißes durch Gewalt oder List entwinden. Von Afrika wird neues Licht über diesen dunklen Erdteil ausströmen und ihn der Kultur wiederum zurückgeben!«

Er hatte mit Feuer gesprochen und unwillkürlich das Buch, welches so wertvolle Aufschlüsse enthielt, zu sich herangezogen. Da fielen seine Blicke auf jene Stelle, wo Waltrauts Urahn mit fester Hand seinen Namenszug unter die Schrift gesetzt hatte, und wie elektrisiert fuhr er auf.

»Dieser Name, Waltraut, der hier steht, ist ja auch der meine. Oh, jetzt gehen mir erst die Augen auf. Auch die Stadt, in der dieser Mann lebte, ist ja die nämliche, wo sich meine Vorfahren aufhielten. Kannst du's glauben, Waltraut, wir sind von gleichem Stamme?« Und mit komischer Würde sich verneigend, sprach er: »Waltraut, ich habe die Ehre, mich dir als Vetter aus Afrika vorzustellen.« Waltraut lachte herzlich und duldete ohne Widerrede, dass der neugefundene Verwandte ihr galant die Hand küsste. Auch der alte Günther lächelte vergnügt ob der unerwarteten Entdeckung. Der ernste Eindruck, den die Aufzeichnungen des Urahn hinterlassen hatten, wich einer behaglicheren Stimmung und noch lange saßen die drei plaudernd zusammen, sich des seltsamen Zufalls freuend, der sie auf so wunderbare Weise zusammengeführt hatte.

Seit jenem Abend war wieder eine geraume Zeit ins Land gezogen. Der Frühlingswind hatte schon längst die Eisdecke des Sees gesprengt und die uralten Buchen am Seestrande bedeckten sich mit zartem Grün. Auch in den Herzen der beiden jungen Leute war der Frühling eingezogen, und als die ersten Schwalben die Hütte zwitschernd umkreisten, legte Vater Günther die Hände der Liebenden zum ewigen Bunde ineinander. Eines Abends, als Kurt mit seinem jungen Weibe im Nachen über den See fuhr, gewahrte er auf einer Waldblöße ein seltsames Schauspiel.

Eine große Schar bewaffneter Männer näherte sich, aus dem Dickicht tretend, dem Ufer, Hornsignale ertönten und eine Fahne flatterte in der Luft.

Im ersten Moment hatte Kurt erschrocken die Ruder eingezogen, als aber sein Ohr die Trompetenrufe vernahm, und sein Blick die Flagge gewahrte, jauchzte er vor Freuden laut auf und begann aus Leibeskräften auf die bezeichnete Stelle loszurudern. Er hatte die Farben des Freilandstaates erkannt; einige Minuten später standen er und Waltraut am Ufer, umringt von den Mitgliedern der neuen vom Süden heraufgezogenen Expedition, und des Fragens und Händedrückens wollte kein Ende nehmen. Da drängte sich ein junger, sonnverbrannter Afrikaner durch den Kreis: »Alle Wetter, Kurt, werden die Toten wieder lebendig?«, rief er, nahm den Überraschten ohne Weiteres beim Kopf und küsste ihn herzhaft, zwei, drei Mal.

»Willy!«

Die Freunde umarmten sich lange und innig.

»Hast du am Ende doch ein Bäschen gefunden, alter Junge?«, meinte Willy, als er Waltraut bemerkte, die verwirrt und scheu im Kreise der fremden Männer stand.

»Erraten, lieber Freund«, lachte Kurt, »die aber kann ich dir nicht abtreten, die behalte ich für mich selbst.«

»Das ist zwar gegen die Verabredung, und ich sollte böse Miene zu deinem guten Spiele machen! Na, warte nur, wenigstens werde ich ihr alles erzählen, was wir beide ausgemacht haben«, erwiderte Willy und bot der jungen Frau treuherzig die Rechte, in die Waltraut herzhaft einschlug.

So manches Jahr ist seitdem verflossen.

Der alte Günther schläft am Gestade des Victoria-Nyanza schon längst den letzten Schlaf; Waltraut aber hat an der Seite ihres Gatten das Heimweh nach den deutschen Wäldern überwunden, und bildet sich ein, die glücklichste Frau und Mutter von ganz Afrika zu sein.

Auf dem Boden des verwüsteten deutschen Reiches und der anderen europäischen Staaten aber erblühen von Jahr zu Jahr immer mehr Ansiedlungen, die ihre Bewohner aus Afrika erhalten; eine neue Kulturepoche, auf gesunder und vernunftgemäßer Grundlage ins Werk gesetzt, beginnt für das in tiefe Barbarei versunkene Europa. In diesem neuen Staate, der hier beginnt, wird es weder Reiche, noch Arme, weder Hoch noch Nieder, weder Deutsche noch Franzosen, sondern nur Menschen, und zwar glückliche, zufriedene Menschen geben.

Dekadente Erzählungen

Im kulturellen Verfall des Fin de siècle wendet sich die Dekadenz ab von der Natur und dem realen Leben, hin zu raffinierten ästhetischen Empfindungen zwischen ausschweifender Lebenslust und fatalem Überdruss. Gegen Moral und Bürgertum frönt sie mit überfeinen Sinnen einem subtilen Schönheitskult, der die Kunst nichts anderem als ihr selbst verpflichtet sieht.

Rainer Maria Rilke Die Aufzeichnungen des Malte Laurids Brigge **Joris-Karl Huysmans** Gegen den Strich **Hermann Bahr** Die gute Schule **Hugo von Hofmannsthal** Das Märchen der 672. Nacht **Rainer Maria Rilke** Die Weise von Liebe und Tod des Cornets Christoph Rilke

ISBN 978-3-8430-1881-4, 412 Seiten, 29,80 €

Erzählungen aus dem Sturm und Drang

Zwischen 1765 und 1785 geht ein Ruck durch die deutsche Literatur. Sehr junge Autoren lehnen sich auf gegen den belehrenden Charakter der - die damalige Geisteskultur beherrschenden - Aufklärung. Mit Fantasie und Gemütskraft stürmen und drängen sie gegen die Moralvorstellungen des Feudalsystems, setzen Gefühl vor Verstand und fordern die Selbstständigkeit des Originalgenies.

Jakob Michael Reinhold Lenz Zerbin oder Die neuere Philosophie **Johann Karl Wezel** Silvans Bibliothek oder die gelehrten Abenteuer **Karl Philipp Moritz** Andreas Hartknopf. Eine Allegorie **Friedrich Schiller** Der Geisterseher **Johann Wolfgang Goethe** Die Leiden des jungen Werther **Friedrich Maximilian Klinger** Fausts Leben, Taten und Höllenfahrt

ISBN 978-3-8430-1882-1, 476 Seiten, 29,80 €

Erzählungen aus dem Sturm und Drang II

Johann Karl Wezel Kakerlak oder die Geschichte eines Rosenkreuzers **Gottfried August Bürger** Münchhausen **Friedrich Schiller** Der Verbrecher aus verlorener Ehre **Karl Philipp Moritz** Andreas Hartknopfs Predigerjahre **Jakob Michael Reinhold Lenz** Der Waldbruder **Friedrich Maximilian Klinger** Geschichte eines Teutschen der neusten Zeit

ISBN 978-3-8430-1883-8, 436 Seiten, 29,80 €